COLECCIÓN
BOLAÑO
白水社

ボラーニョ・コレクション

アメリカ大陸のナチ文学

ロベルト・ボラーニョ
Roberto Bolaño
野谷文昭 訳

アメリカ大陸のナチ文学

Japanese edition published by arrangement through The Sakai Agency

カロリーナ・ロペスに

川の流れが緩やかで、良い自転車か馬があれば、その同じ川で二度（そして各人の衛生状態が必要とするなら三度でも）水を浴びることができる。

アウグスト・モンテローソ

アメリカ大陸のナチ文学　目次

メンディルセ家の人々

移動するヒーローたちあるいは鏡の割れやすさ

先駆者たちと反啓蒙主義者たち

装丁　緒方修一

メンディルセ家の人々

郵　便　は　が　き

おそれいりますが切手をおはりください。

101-0052

東京都千代田区神田小川町3-24

白　水　社　行

購読申込書

■ご注文の書籍はご指定の書店にお届けします．なお，直送をご希望の場合は冊数に関係なく送料300円をご負担願います．

書　名	本体価格	部　数

★価格は税抜きです

(ふりがな)

お　名　前　　　　(Tel.　　　　　)

ご　住　所　(〒　　　　　)

ご指定書店名（必ずご記入ください）	取次	（この欄は小社で記入いたします）
Tel.		

『ボラーニョ・コレクション アメリカ大陸のナチ文学』について (9265)

■その他小社出版物についてのご意見・ご感想もお書きください。

■あなたのコメントを広告やホームページ等で紹介してもよろしいですか？
1. はい (お名前は掲載しません。紹介させていただいた方には粗品を進呈します) 2. いいえ

ご住所	〒 電話 ( )		
(ふりがな) お名前	(歳) 1. 男 2. 女		
ご職業または 学校名		お求めの 書店名	

■この本を何でお知りになりましたか？
1. 新聞広告 (朝日・毎日・読売・日経・他〈 〉)
2. 雑誌広告 (雑誌名)
3. 書評 (新聞または雑誌名) 4. 《白水社の本棚》を見て
5. 店頭で見て 6. 白水社のホームページを見て 7. その他 ( )

■お買い求めの動機は？
1. 著者・翻訳者に関心があるので 2. タイトルに引かれて 3. 帯の文章を読んで
4. 広告を見て 5. 装丁が良かったので 6. その他 ( )

■出版案内ご入用の方はご希望のものに印をおつけください。
1. 白水社ブックカタログ 2. 新書カタログ 3. 辞典・語学書カタログ
4. パブリッシャーズ・レビュー《白水社の本棚》(新刊案内／1・4・7・10月刊)

※ご記入いただいた個人情報は、ご希望のあった目録などの送付、また今後の本作りの参考にさせていただく以外の目的で使用することはありません。なお書店を指定して書籍を注文された場合は、お名前・ご住所・お電話番号をご指定書店に連絡させていただきます。

エデルミラ・トンプソン・デ・メンディルセ

一八九四年ブエノスアイレス生まれ―一九九三年ブエノスアイレス没

十五歳のときに処女詩集『パパへ』を出版、これによりブエノスアイレスの上流社会の並み居る女流詩人のなかでささやかな地位を得た。以後、二十世紀初頭のラプラタ河両岸において抒情詩と趣味の良さで他の追従を許さなかったヒメナ・サンディエゴとスサナ・レスカノ＝ラフィヌールがそれぞれ率いるサロンの常連となった。最初の詩集は、当然予想されるように、親への思い、宗教的省察、庭について詠ったものである。修道女になろうという考えを抱く。乗馬を習う。

一九一七年、二十歳年上の農場主で実業家のセバスティアン・メンディルセと知り合う。数か月後に結婚したときは誰もが驚いた。当時の証言によれば、メンディルセは文学一般、ことに詩を蔑み、（ときおりオペラに行くことはあったものの）芸術的感性に欠け、会話の内容と言えば自分の雇う農夫や労働者並みだった。長身で精力的だったが、美男というには程遠かった。唯一の取り柄として知られていたのは、無尽蔵の資産である。

エデルミラ・トンプソンの友人たちは打算的な結婚だと口々に言ったが、実際は恋愛結婚だった。エデルミラにもメンディルセにも決して説明できないその愛は、死ぬまで揺らぐことがなかった。

結婚とは多くの新進女流作家のキャリアを終わらせてしまうものだが、エデルミラ・トンプソンの場合には彼女の筆に活力をもたらした。彼女はブエノスアイレスに自身のサロンを開き、サンディエゴやレスカノ＝ラフィヌールのサロンと張り合った。アルゼンチンの若い画家たちの後ろ盾となり、作品を購入しただけでなく（一九五〇年にエデルミラのアルゼンチン美術コレクションは、国内で最良ではないものの、最も点数が多く奇妙きわまりないものだった）、画家たちをアスルに所有する自分の農場に連れていき、世間の喧騒を逃れ、経費はすべて彼女が負担する形で制作できるように計らった。「南のランプ」社を創立し、五十冊以上の詩集を出版したが、その多くは「アルゼンチン文学の良き妖精」であるエデルミラに捧げられている。

一九二一年、最初の散文作品『わが生涯のすべて』を出版する。これは起伏がないというのでなければ牧歌的な自伝で、ゴシップは語られず、風景描写や詩的省察に富んではいるが、作者の期待に反し、特に反響を呼ぶでもなく、ブエノスアイレスの書店のウィンドウから姿を消した。落胆したエデルミラは二人の幼い子供と二人の女中とともに、二十以上のスーツケースを携え、ヨーロッパに旅立つ。

ルルドと大聖堂の数々を訪れる。ローマ教皇に謁見する。帆船でエーゲ海の島々を巡り、ある春の日の正午にクレタ島に到着する。一九二二年、パリで子供向けの小さな詩の本を、一冊はフランス語で、もう一冊はスペイン語で出版する。その後アルゼンチンに帰国する。

だが状況は変わっていて、エデルミラにとって祖国はもはや住み心地の良い場所ではない。新たな詩集『ヨーロッパの時間』（一九二三年）が出ると、ある新聞で気取っていると批判される。国内の紙誌で最も影響力のあった批評家のルイス・エンリケ・ベルマル博士はエデルミラを評して、「幼稚な有閑マダムであり、この広大な祖国のいたるところにうようよしているぼろを着た悪童どものための慈善や教育に力を注がれたほうがよかろう」と述べた。エデルミラはそれに対し、ベルマル博士およびその他の批評家たちを自分のサロンに招くという形で優雅に応じる。やってきたのは三面記事を担当する食い詰めた四人の新聞記者だけだった。面目をつぶされたエデルミラは、追従者を何人か引き連れアスルの農場に引きこもる。田園の安らぎのなかで、労働者や下層の人々の会話に耳を傾けつつ、自分を中傷する人々の顔に投げつけるべく新たな詩集を準備する。満を持して発表した詩集『アルゼンチンの時間』（一九二五年）は、発売されたその日から反響と論争を巻き起こす。その新たな詩集で、エデルミラは瞑想的ヴィジョンを捨て、攻撃へと転じる。批評家、女流作家、文化的生活を包み込む退廃を攻撃する。起源への回帰、すなわち農場での労働、常に開かれた南部の辺境への回帰を擁護する。恋愛がらみの甘い言葉や妄想は過去のものとなる。エデルミラは、祖国のことをひるまず勇壮に詠い上げる叙事詩的な文学を求める。かくして詩集は大成功を収めるが、エデルミラは控えめな態度を示し、詩集が認められた喜びを噛みしめる間もなくふたたびヨーロッパに向かう。同道したのは子供たちと女中、それにときおり個人秘書を務めていたブエノスアイレスの哲学者アルド・カロッツォーネだった。

一九二六年は多くの取り巻きを従え、イタリアを旅行して過ごす。一九二七年、メンディルセが合流。一九二八年、ベルリンで長女ルス・メンディルセが生まれる。体重四千五百グラムの健康な子供だった。ドイツの哲学者ハウスホーファーが代父となり、洗礼式にはアルゼンチンおよびドイツの名だたる知識人が参列した。パーティーは三日三晩続き、ラーテノーに近い小さな森で終わったが、その折、メンディルセ夫妻はハウスホーファーのために、作曲家でティンパニの名手ティト・バスケスが自作の曲を独奏するコンサートを催し、当時大評判となった。

一九二九年、世界大恐慌によってセバスティアン・メンディルセはアルゼンチンへの帰国を余儀なくされる一方、エデルミラと子供たちはアドルフ・ヒトラーに紹介され、ヒトラーは幼いルスを抱き上げて、「確かに素晴らしい子である」と述べる。全員で写真に納まる。未来の第三帝国総統はアルゼンチンの女流詩人に強い印象を残す。別れ際、エデルミラが自分の詩集を何冊かと『マルティン・フィエロ』の豪華本を贈ると、ヒトラーは熱烈な謝辞を述べ、その場で詩の一節をドイツ語に翻訳するよう求めたが、エデルミラとカロッツォーネはなんとかその場を切り抜ける。ヒトラーは満足した様子を見せる。きっぱりとした、未来志向の詩だ。エデルミラは喜び、上の二人の子供に最もふさわしい学校はどこかと助言を求める。ヒトラーはスイスの寄宿学校を勧めるが、最良の学校は人生であると付け加える。会見の終わりには、エデルミラもカロッツォーネも心底ヒトラー崇拝者になっている。

一九三〇年は旅と冒険の年となる。カロッツォーネ、幼い娘（息子たちはベルンの名門校の寄宿生となった）、パンパの先住民である女中二人を伴って、エデルミラはナイル河を巡り、エルサレム（この地で霊感による発作もしくは神経衰弱に罹り、ホテルの部屋で三日間にわたり憔悴の日々を過ごす)、ダマスカス、バグダッド等を訪れる。

エデルミラの頭のなかでさまざまな構想が湧く。ブエノスアイレスに戻ったら、新たな出版社を立ち上げてヨーロッパの思想家や小説家の著作を翻訳出版しようと計画し、建築を学び大規模な学校を設計して、祖国の文明未到の地に建設したいと夢見、経済的には非力だが芸術的野心を抱く若い女性のために自分の母親の名を冠した基金を設立したいと願う。心のなかで新たな詩集が徐々に形を取り始める。

一九三一年、ブエノスアイレスに戻ったエデルミラは、計画の実現に着手する。「現代アルゼンチン」誌を創刊し、カロッツォーネが編集を担当する。この雑誌は最新の詩と散文を掲載するとともに、政治記事や哲学エッセー、映画評、時事問題も等閑視することはなかった。創刊号は彼女の詩集『新たな泉』と同時に発売され、誌面の半分はこの詩集に充てられた。『新たな泉』は旅の記録と哲学的回想の中間といった作風で、現代の世界について、とりわけヨーロッパ大陸およびアメリカ大陸の前途について考察するとともに、共産主義に代表されるキリスト教文明にとっての脅威を見越して警鐘を鳴らしている。

続く数年は実り多いものとなる。新たな本を次々と出し、新たな友人を作り、新たな旅をし(アルゼンチン北部を巡り、馬に乗ってボリビアとの国境を越える)、新たな出版の企てと新たな芸術活動を行なう。その一環としてオペラ(『アナ、救われた農婦』一九三五年。コロン劇場での初演の評価は分かれ、観客同士の言葉の応酬や暴力沙汰を招いた)の台本を執筆し、ブエノスアイレス州を描く一連の風景画を制作し、ウルグアイの劇作家ウェンセスラオ・アセルの三作品の上演に協力する。

一九四〇年、セバスティアン・メンディルセが亡くなる。エデルミラはヨーロッパ行きを望むが、戦争によって阻まれる。悲しみに狂乱して彼女が自ら書いた死亡記事が、国の主要各紙のまるごと一面を使って二段組で掲載される。彼女はエデルミラ・メンディルセ未亡人、と署名する。その文章は明らかに当時の彼女の精神状態を示している。アルゼンチンの知識層の大半から嘲笑を浴び、皮肉、軽蔑の対象となる。

幼い娘、常に付き添うカロッツォーネ、若い画家のアティリオ・フランチェッティだけを伴い、ふたたびアスルの農場に引きこもる。午前中は執筆するか絵筆を執る。午後はひとりで長い散歩をするか、何時間も読書に耽る。こうした読書と、インテリアデザインの際立った才能から生まれたのが最高傑作『ポーの部屋』(一九四四年)である。これはヌーヴォー・ロマンやのちの前衛の多くの先駆けとなり、メンディルセ未亡人にアルゼンチン文学およびイスパノアメリカ文学において日の当たる場所を与えることになる。物語は次のとおりである。エデルミラはエドガー・アラン・ポーの「家具の哲学」を読む。このエッセーに興奮し、ポーのなかに装飾に関する双子の魂を見出した彼女は、カロッツォーネとアティリオ・フランチェッティとともにこのテーマをめぐって幅広い議論を交わす。フランチェッティはポーの指示に忠実に従った絵をひとつ描く。そこに描かれたのは奥行三十フィート、横幅二十五フィート(一フィートは約二十八センチ)の長方形の部屋で、両端に向き合う形でドアと二つの窓がある。家具、壁紙、カーテンもフランチェッティによってこのうえなく正確に再現される。だがそれほどの正確さも、ポーの部屋を文字どおり再現しようとするエデルミラにとっては些細なことである。その目的のために、彼女は農場の庭に、ポーの描写と寸分たがわぬ部屋を建てさせ、それから業者（骨董商、家具職人、大工）に命じて、ポーのエッセーにある家具調度類を調べさせる。調査は完璧とはいかなかったが、次のような結果が得られた。

――窓は床まで届く大きなもので、奥行きのある壁龕にはめられている。

――窓ガラスの色は真紅である。

――窓枠は通常用いられるものよりも分厚く、紫檀材が使われている。

――壁龕の内側には、カーテンの代わりに、窓の形に合わせて銀糸で織られた鏡が、細かい襞となって掛かっている。

――壁龕の外側には、金のレースで縁取られ、裏地に銀の布地を用いた真紅の絹の豪奢なカーテンが掛けられ、それが外側のカーテンになっている。

――カーテンのドレープは、壁と天井の継ぎ目として部屋全体に巡らせた幅の広い金色のエンタブレチュアの下から垂れている。

――カーテンは金色の太い紐で開閉する。その紐はカーテンを緩くまとめて簡単な結び目をつくっている。ピンやそれに類する金具は見当たらない。

――カーテンと縁取りの色、すなわち真紅と金色はいたるところにふんだんに用いられ、部屋の性格を決定づけている。

――ザクセン織りの絨毯は厚みが半インチほどあり、地の色はやはり真紅で、（カーテンの縁取りに使われているのと似た）細い金の紐でシンプルな刺繍が施してあるが、地からほとんど浮き出ていないため、短く不規則で、幾度となく交叉する曲線の連なりを描き出している。

——壁にはつやのあるグレーがかった銀の地に、部屋の基調となっている真紅だがより淡い色合いの、細かいアラベスク模様が入った壁紙が張られている。

——おびただしい数の絵。ほとんどは想像で描かれた風景画で、スタンフィールドの描いた妖精の棲む洞窟やチャップマンの描いたもの寂しい湖のような絵である。だが、この世のものとは思えない美しさを備えた女性の顔の絵が三つ四つあり、それらはサリー風の肖像画である。どの絵も暖色系だが暗い色調で描かれている。

——小さいサイズの絵はひとつもない。小さな絵は部屋に染みがあるという印象を与え、数ある実に見事な芸術作品の価値を損なうためである。

——額縁は幅があるが厚みはそれほどない。豪華な細工が施されているが、重々しくもなければ装飾過多でもない。

——絵は紐で吊ることなく、壁にぴったり据えつけられている。

——それほど大きくない円形に近い鏡が、席のある場所にいる人が映り込まないように掛かっている。

——座る場所には、金の花柄をあしらった真紅の絹地張りのゆったりした紫檀材のソファ二つと、同じく紫檀材の軽い椅子二脚がある。

——やはり紫檀材が使われているピアノは、カバーが掛かっておらず、蓋が開いている。

——ソファの近くに、金の象嵌を施した美しいことこのうえない八角形の大理石のテーブルが置かれている。テーブルにもカバーの類は一切掛かっていない。

――大きく見事なセーヴル焼の花瓶が四つ、角がいくぶん丸みを帯びた部屋の四隅に置かれ、それぞれに色鮮やかな美しい花が溢れんばかりに活けてある。

――ソファのひとつ（この理想の部屋の持ち主であるポーの友人がいつもそこで寝る）のそばに、香油を満たした古いランプがついた、背の高い枝付き燭台が立っている。

――金の房飾りがついた真紅の絹紐で吊ってある、金縁の軽い優美な棚に、二、三百冊の特装本が収められている。

――その他の家具と言えば、真紅の透明な色つきガラスがついたシェードのアルガンランプが高い円天井から細い金の鎖で吊るされ、穏やかな魔法のような光をありとあらゆるものに投げかけているだけである。

アルガンランプを入手するのはさほど難しいことではない。カーテンも絨毯もソファも同様である。壁紙に関するいくつかの問題は、メンディルセ未亡人が、フランチェッティが特別にデザインしたパターンを工場に直接発注することで解決した。スタンフィールドやチャップマンの絵は見つけることができなかったが、友人の画家で若く有望な芸術家であるアルトゥーロ・ベラスコが油絵を何点か制作し、ついにエデルミラの望みを叶えた。紫檀材のピアノについてもいくつか問題が生じたが、最終的にはすべて解決した。

部屋が再現されたことで、エデルミラは執筆する時が来たと思った。『ポーの部屋』の第一部は、その部屋の詳細な描写からなっている。第二部はインテリアデザインにおける良き趣味についての概論で、ポーの信条のいくつかを出発点としている。第三部は、アスルの農場にある庭の草地に部屋を作ることそれ自体について。第四部は家具探しに関するこまごまとした記述。第五部はまたもや再現された部屋の描写で、ポーが描写した部屋と似ているが、光、真紅、いくつかの家具の由来および保存状態、絵画（一幅ずつすべての絵を、エデルミラは読者に対し細部をひとつも省くことなく描写する）の質が特に強調されている点で異なっている。第六部にして最終部はおそらく最も短く、ポーの友人であるまどろむ男の肖像となっている。おそらく鋭敏すぎた批評家のなかには、その人物に亡くなったばかりのセバスティアン・メンディルセを見ようとした者もいる。

出版された作品は、さしたる反響を呼ばなかった。だが今回、エデルミラは自分が書いたものに強い確信を持っていたため、理解されなくてもほとんど落ち込みはしない。

一九四五年から四六年にかけては、彼女の敵対者たちによれば、誰もいない海岸や人目につかない入江を頻繁に訪れ、デーニッツ提督の艦隊の残存した潜水艦に乗って到着する密航者をアルゼンチンにようこそと歓迎したという。また、雑誌「アルゼンチン第四帝国」、その後は同名の出版社にエデルミラが出資していたとも言われている。

一九四七年、『ポーの部屋』の増補改訂版が刊行される。この版には戸口から見た部屋を描いたフランチェッティの絵の図版が収録されている。まどろむ男は顔の半分がぼんやり見えるだけである。実際、それはセバスティアン・メンディルセかもしれないし、単に恰幅のいい男にすぎないかもしれない。

一九四八年には、「現代アルゼンチン」誌を手放すことなく新たな雑誌「クリオーリョ文学」を創刊し、運営は息子のファンと娘のルスに託す。その後まもなくヨーロッパに旅立ち、一九五五年までその地に留まる。この長い亡命の理由として挙げられるのが、エバ・ペロンに対する和解しえない敵愾心である。だが、カクテルパーティーであれ、歓迎会であれ、誕生会であれ、舞台の初日であれ、スポーツの祝勝会であれ、当時の多くの写真にエビータとエデルミラは一緒に映っている。エビータはおそらく『ポーの部屋』を一〇ページも読み進められなかっただろうし、エデルミラは間違いなくファーストレディの社会的背景を認めていなかったはずだが、二人が共通の事業にかかわっていたことを証言する第三者の書類や手紙が存在する。事業とはたとえば巨大なアルゼンチン現代美術館(エデルミラと若い建築家ウゴ・ボッシによるデザイン)の建設で、三食付きの宿舎を備えたそれは世界のいかなる美術施設にも類を見ないものだったが、その目的は、現代美術を牽引する若手および中堅の創作を手助けすることであり、二次的には彼らがパリやニューヨークに移住するのを阻止することであった。また、ウゴ・デル・カリルが主役を演じる若く無邪気なドン・ファアンの人生と不運を描いた映画の共同脚本の草稿についても複数の証言があるが、草稿は他の多くのものと同様に散逸した。

確かなのは、エデルミラが一九五五年までアルゼンチンに帰らなかったことである。そのころブエノスアイレスの文壇の新星として頭角を現わしていたのが娘のルス・メンディルセだった。

その後エデルミラが出した本はわずかである。一九六二年に『全詩集』の第一巻が、一九七九年に第二巻が刊行される。他には、忠実なカロッツォーネの協力を得て執筆した回想録『私が生きた世紀』(一九六八年)、驚くべき良識が際立つ掌篇集『ヨーロッパの教会と墓地』(一九七二年)、および若いころの未発表の詩を集めた『熱狂』(一九八五年)が晩年に出した作品のすべてである。

それに引き替え、芸術を奨励し新たな才能を支援する活動は最後まで衰えを見せなかった。メンディルセ未亡人による序文、あとがき、著者に贈る言葉を付した本は枚挙にいとまがなく、彼女が出版費を負担した本も無数にある。前者のなかでも特筆に値するのは、一九七八年にアルゼンチン国内外でかなりの論争を巻き起こしたフリアン・リコ＝アナヤの小説『老いた心と若い心』や、『シュルレアリスム第二宣言』以来、アルゼンチンのいくつかのサークルで続いていた詩をめぐる不毛な論争に終止符を打とうとするカロラ・レイバの詩集『見えない修道女』である。後者のなかで見逃せないのは、マルビーナス戦争（フォークランド戦争のアルゼンチン側の呼称）についてのかなり誇張されていると思われる回想録『プエルト・アルヘンティーノの子供たち』で、元兵士のホルヘ・エステバン・ペトロビッチはこれによって文学界に打って出た。そしてもうひとつは良家出身の若い詩人たちのアンソロジー『投げ矢と風』で、耳障りな音も不快な言葉も下品な日常語も使わないことが美学的目的のひとつというこの詩集は、フアン・メンディルセが序文を寄せ、思わぬ売れ行きを見せた。

エデルミラはアスルの農場で、ポーの部屋に閉じこもり、まどろみながら過去を夢見たり、母屋の広いテラスで読書に耽ったり景色を眺めたりして晩年を送った。

彼女は最後まで明晰さ（自身は「激しさ」と称した）を失うことはなかった。

ファン・メンディルセ＝トンプソン

一九二〇年ブエノスアイレス生まれ——一九九一年ブエノスアイレス没

エデルミラ・トンプソンの次男である彼には、ごく幼いころから、自分の人生をもってすれば何を望んでも叶うとわかっていた。スポーツに挑戦し（テニスの腕は十人並みで、カーレーサーとしては最悪だった）、芸術を庇護しようとし（ボヘミアン的生活を犯罪者との付き合いと混同し、父親と逞しい兄が、しまいには力づくで脅したり禁じたりしてファンをそこから引き離した）、法律と文学の道に進もうと試みた。

二十歳のとき、処女小説『エゴイストたち』を出す。これはロンドン、パリ、ブエノスアイレスを舞台とする、若者らしい高揚感のあるミステリー仕立ての物語である。事件は見たところ取るに足りない出来事を巡って起こる。ある一家の善良な父親が突然、妻に向かって、子供たちと一緒に家を出ろ、さもなければ部屋に入って鍵を掛けろと怒鳴りつける。続いて、父親自身も浴室に閉じこもる。一時間後、夫の言いつけに従って部屋にこもっていた妻が出てきて浴室に行くと、夫が剃刀を手に首から血を流して死んでいる。一見疑う余地のないこの自殺をきっかけに、主として、交霊術を趣味とするロンドン警視庁の警官と死んだ男の子供のひとりによる捜査が始まる。捜査は十五年以上に及び、その間にフランスの若い王政主義者、ドイツの若いナチ党員など多くの人物が続々と登場する口実となっているのだが、作者はそれらの人物に饒舌に語らせるとともに、自らを重ね合わせる傾向がある。

この小説は成功を収めた（一九四三年までにアルゼンチンでは四刷が完売し、スペイン、チリ、ウルグアイおよびイスパノアメリカ諸国で多くの部数が売れた）が、ファン・メンディルセは政治に貢献するために、文学は脇に置くことを選んだ。

一時期は、自分をホセ・アントニオ・プリモ・デ・リベラに心酔するファランヘ主義者と見なした。反米で反資本主義者だった。その後ペロン主義者となり、コルドバ州および首都のブエノスアイレスで政界の要職に就くに至った。公職における経歴は非の打ちどころがなかった。ペロン政権が崩壊すると、彼の政治的傾向は新たな変転を遂げた。親米派となり（実際、アルゼンチンの左翼は、ファンが自らの雑誌で、二十五名のＣＩＡのスパイの作品を載せたことを非難したが、それはどう見ても多すぎる）、ブエノスアイレスで最も有力な法律事務所のひとつに迎えられ、ついには駐スペイン大使に任命された。マドリードから戻ると、小説『アルゼンチンの騎手』を刊行し、そのなかで、世界における精神性の欠如、敬虔の念や慈悲の心の漸進的欠如と、現代小説、とりわけ鈍く粗忽なフランスの小説が、痛みや苦しみを理解できず、それゆえ人物が創造できないことを非難した。

彼はアルゼンチンの大カトーと呼ばれる。一家の運営する雑誌の主導権をめぐって妹のルス・メンディルセと争う。勝利をおさめたフアンは、現代小説における感情の欠如に異議を唱えるキャンペーンを企てる。三作目の小説『マドリードの春』の刊行と同時に、「クリオーリョ文学」と「現代アルゼンチン」の二誌を舞台として、フランスかぶれ、暴力礼讃者、無神論、外国の思想に対する攻撃を開始する。同様の場を提供したのがブエノスアイレスのさまざまな日刊紙で、コルタサルを非現実的で残忍であると酷評し、またボルヘスを、「カリカチュアのカリカチュアである」物語を書き、イギリス文学およびフランス文学のような「何度となく語られ、嫌というほど使い古された」今や落ち目の文学を材料に瀕死の人物を創作しているとする非難を、興奮あるいは仰天しつつ受け入れた。彼の攻撃はビオイ＝カサレス、ムヒカ＝ライネス、エルネスト・サバト（フアンはこの作家に擬人化された暴力崇拝と根拠のない攻撃性を見る）、レオポルド・マレチャルらにも及ぶ。

その後さらに三つの小説を出版する。一九四〇年のアルゼンチンを振り返る『青春の熱情』、スティーヴンソンとコンラッドを足して二で割ったような南部の冒険小説『パタゴニアのペドリート・サルダーニャ』、秩序と無秩序、正義と不正義、神と虚無についての小説『輝く闇』である。

一九七五年、ふたたび政治のために文学から離れる。ペロン政権および軍事政権に等しく忠実に仕える。一九八五年、兄の死後、家業を継ぐ。一九八九年、仕事を二人の甥と一人息子に譲り、新たな小説の執筆を開始するが、未完に終わる。母の秘書の息子エデルミロ・カロッツォーネが、この遺作となった『沈む島々』を注釈付きで刊行する。この五〇頁ほどの作品は、摑みどころのない登場人物たちの会話と川や海の果てしないうねりの混沌とした記述からなる。

ルス・メンディルセ＝トンプソン

一九二八年ベルリン生まれ――一九七六年ブエノスアイレス没

ルス・メンディルセは潑剌とした可愛らしい子供、物思いに耽る太った少女、飲酒癖のある不幸な女性だった。それはさておき、一族が生んだ作家のなかで彼女は最も才能に恵まれていた。

ルスは、生まれて数か月の赤ん坊を抱くヒトラーの有名な写真を死ぬまで手元に置いた。贅沢な細工を施した銀のフレームに入ったその写真は、アルゼンチン人の画家たちの筆になる赤ん坊の、あるいは少女のルスがたいていは母親と一緒に描かれているさまざまな肖像画と並んで、応接間の最も目立つ場所に飾られていた。それらの絵には有名なものもあったが、もし火事が起きたら、ルス・メンディルセは他の何よりもまず、未発表原稿のノートとともにその写真を炎の手から守ったことだろう。

彼女の家を訪れ、実に珍しい写真の由来に興味を抱いた人々に対し、ルスは毎回異なる話を聞かせた。あるときは、赤ん坊はみなし子で、写真は、票集めと宣伝のために政治家たちが盛んに行なう孤児院への慰問の際に撮られたのだとだけ言った。またあるときは、赤ん坊はヒトラーの姪で、十七歳のときにコミュニストの軍勢に包囲されたベルリンでの戦闘中に命を落とした勇ましくも不幸な少女なのだと説明することもあった。またときには、赤ん坊は自分で、ヒトラーが抱いてくれたのだと率直に認めることもあり、今でも夢のなかでヒトラーの力強い腕と額にかかる熱い息が感じられ、あれはおそらく人生で最高の瞬間のひとつだったと述べた。たぶん彼女の言うとおりだったのだろう。

彼女は早熟な詩人で、十六歳で処女詩集を出した。十八歳のときにはすでに三冊の詩集があり、ほぼ独り立ちしていた彼女は、アルゼンチン人の若い詩人フリオ・セサル・ラクチュールと結婚しようと決心する。新郎には一見しただけでわかる欠点がいくつもあったものの、二人の結婚は家族の許しを得る。ラクチュールは上品で洗練され、並外れた美男だが、一文無しで、詩人としては凡庸である。新婚旅行ではアメリカ合衆国とメキシコに行き、メキシコシティでルス・メンディルセは詩の朗読会を開く。問題が生じ始めたのはそこからだ。ラクチュールは妻に嫉妬心を抱いている。その腹いせに浮気をする。アカプルコでのある晩、ルスは夫を捜しに出かける。ラクチュールは小説家ペドロ・デ・メディナの家にいる。昼間にはアルゼンチンの女流詩人のためにバーベキュー・パーティーを開いた家は、夜になると彼女の伴侶のための娼家に変わっていた。ルスは夫が二人の娼婦と一緒にいるのを見つける。最初のうちは平静さを保つ。ペドロ・デ・メディナと社会主義リアリズムの詩人アウグスト・サモラと一緒に、書斎でテキーラを二杯飲み、二人はルスをなだめようとする。彼らはボードレール、マラルメ、クローデル、ソ連の詩、ポール・ヴァレリー、そしてソル・フアナ・イネス・デ・ラ・クルスについて語る。ソル・フアナの話題になったとたん、堪忍袋の緒が切れたルスは爆発する。手近にあったものを掴むと、夫のいる寝室に向かう。すっかり酔いの回ったラクチュールは、服を着るのに手こずっている。娼婦たちはわずかな衣類を身に着け、部屋の隅から彼を眺めている。ルスは我慢できずに夫の頭をブロンズのアテナ像で殴りつけてしまう。ラクチュールは強い脳震盪を起こし、二週間ほど入院するはめになる。二人は一緒にアルゼンチンに帰国するが、四か月後に別れる。

結婚に失敗したことで、ルスは絶望の底に突き落とされる。酒びたりになり、いかがわしい場所に足繁く通い、ブエノスアイレスで最も柄の悪い男たちと情事に耽る。左右両派から誤解された名高い詩「ヒトラーといた幸せ」はこの時期の作品である。母親はルスをヨーロッパに遣ろうとしたが、ルスは拒絶する。そのころルスの体重は九十キロを超え（身長は一メートル五十八センチそこそこだった）、ウイスキーを日にボトル一本空けるようになる。

一九五三年、スターリンとディラン・トマスが亡くなったこの年に、詩集『ブエノスアイレスのタンゴ』を刊行する。これには、「ヒトラーといた幸せ」の増補改訂版とともに、彼女の最高傑作が何篇か収録されている。「スターリン」はウオッカの壜と意味不明の叫喚の間で展開する混沌とした寓話で、「自画像」は、この種の詩がアルゼンチンで盛んだった一九五〇年代に書かれたなかでも、おそらく最も残酷な詩のひとつだろう。「ルス・メンディルセと愛」は前作の系列に属するが、一抹のアイロニーとブラックユーモアによって息苦しさは和らいでいる。「五十歳の黙示録」は、ルスが五十歳になったときに自殺するという誓いであるが、彼女を知る者たちは楽観的だと批判した。それまでの生活のリズムからすれば、ルス・メンディルセが三十前に死を迎えることは間違いなかったからである。

彼女の周囲には、母親の好みからするとあまりにも異端な、兄の好みからするとあまりにも過激な作家のグループが徐々に形成されていく。ナチ党員や怨恨を抱く者たち、アルコール中毒者や性的およびが経済的マイノリティにとり、「クリオーリョ文学」は依拠すべき情報源となり、ルス・メンディルセは全員のビッグ・ママ、新しいアルゼンチン詩の女教皇となったため、恐れをなした文学界は彼女を叩きつぶそうとする。

一九五八年、ルスはふたたび恋に落ちる。今度の相手は二十五歳の画家で、金髪碧眼の朗らかな愚鈍だった。この関係は一九六〇年まで続き、この年画家は、ルスが兄ファンの口利きで手配してやった奨学金でパリに旅立つ。新たな失恋はルスのもうひとつの重要な詩集『アルゼンチンの絵画』を書き上げるための原動力となり、そのなかで彼女は常にうまくいっていたわけではないアルゼンチンの画家たちとの関係を、絵画のコレクター、妻、幼いモデル、大人のモデルの視点から見直している。

一九六一年、ルスは最初の結婚を解消したあと、「クリオーリョ文学」の寄稿者で自ら「ネオ・ガウチョ詩」と名付けた詩の主導者であるマウリシオ・カセレスと再婚する。失敗に懲りたルスは、今回こそ模範的な妻になろうと決意し、「クリオーリョ文学」を夫の手に委ね（そのことでファン・メンディルセとの間に少なからぬ問題が生じ、ファンはカセレスを泥棒呼ばわりした）、詩作をやめ、良き妻になることに全身全霊を捧げる。カセレスが雑誌の編集長になるとたちまち、ナチ党員、怨恨を抱く者、問題のある者たちが大挙して「ネオ・ガウチョ詩人」に転向する。カセレスは成功に目がくらむ。あるとき彼は、ルスもメンディルセ家の人々ももはや必要ないと思うに至る。ここぞというときにファンとエデルミラを攻撃し、さらには妻を見下すという傲慢な態度をとるようになる。新たなミューズが現われるのに時間はかからず、「ネオ・ガウチョ詩」の男らしい提起に屈服した若い女流詩人たちは、カセレスの関心を引くことに成功する。ついに、夫の仕事に無関係かつ無関心であるかに見えたルスが突然また爆発する。事件はブエノスアイレスの新聞の三面記事で盛んに取り上げられた。カセレスと「クリオーリョ文学」の編集者のひとりは銃弾を受けて負傷し、編集者の怪我は軽かったものの、カセレスはひと月半入院するはめになる。ルスの運命もそれほどよかったわけではない。夫とその友人に向かって発砲したあと浴室に閉じこもると、薬戸棚にあった錠剤を全部飲んでしまうのだ。今度ばかりはヨーロッパ行きが不可避となる。

一九六四年、いくつもの療養所を渡り歩いたのち、ルスは少数ながら忠実な読者をふたたび驚かせる。十篇からなる一二〇頁の詩集『ハリケーンのごとく』には、スシー・ダマート（ルスの詩を一行たりとも理解できなかったにせよ、残ったわずかな友人のひとりだった）の序文が添えられていた。刊行したのはメキシコのフェミニズム系出版社で、この出版社はすぐに、真の素性を知りもせず「名うての極右活動家」に賭けたことを深く後悔することになるが、ルスの詩には政治への言及などなく、もしかすると不適切な隠喩（「心のなかで私は最後のナチ」）のひとつぐらいはあったかもしれないが、つねに私的な領域をテーマとしている。この詩集は一年後にアルゼンチンで再版され、いくつかの好意的な批評を得る。

一九六七年、ルスはふたたび、今度は一生身を落ち着けるつもりでブエノスアイレスに帰還する。神秘のオーラが彼女を包んでいる。パリではジュール・アルベール・ラミが、彼女のほぼすべての詩を翻訳、出版する。スペイン人の若い詩人ペドロ・バルベロがルスに付き添い、秘書の役割を務め、彼女にペドリートと呼ばれる。このペドリートは、彼女のアルゼンチン人の夫たちや愛人たちとは対照的に、世話好きで思いやりがあり（もしかするといささかがさつだったかもしれないが）、そして何よりも忠実だった。ルスは「クリオーリョ文学」の編集長に復帰し、新たに出版社「手負いの鷲」を設立する。たちまち大勢の信奉者がルスを取り巻き、彼女のあらゆる機知を賞賛する。体重が一〇〇キロに達する。髪は腰まで届くほどで、めったに入浴しなくなる。ほとんどぼろのような古着を身につけていることもあった。

彼女の感情生活は落ち着きを見せた。つまり、ルス・メンディルセはもはや苦しまなくなったのだ。複数の愛人をもち、過度の飲酒に耽り、コカインを吸うこともあるが、精神的安定は無事に保たれる。彼女は手厳しい。書評は恐れられ、そのウィットや毒のある皮肉が自身の身に及ばない者たちは、嬉々としてそれを待ち望む。アルゼンチンの何人かの詩人（すべて男性で著名人）と歯に衣着せぬ論争を続け、彼らが同性愛者（私生活では同性愛者の友人が数多くいたものの、ルスは公には同性愛に反対していた）、成り上がり者、あるいはコミュニストだという理由で、容赦なく風刺する。かなりの数のアルゼンチンの女流作家たちが、おおっぴらに、もしくはこっそりと、彼女を尊敬し、作品を読む。

「クリオーリョ文学」（ルスが多くの労力を注ぎ込み、多くの苦しみを味わった雑誌）の主導権をめぐる兄ファンとの諍いは、大規模なものとなる。彼女自身は敗北するものの、若者たちを味方につける。ブエノスアイレスの大きなマンションとパラナ河の農場に住み、芸術家のコミューンと化した後者では、絶対者として君臨する。その河のほとりの農場で、芸術家たちは、外の世界で目まぐるしい勢いで生じ始めた政治的な流血事件とは関わりなく、談笑したり、昼寝をしたり、飲んだり、絵を描いたりして過ごす。

だが誰も安全ではいられない。ある日の午後、農場にクラウディア・サルダーニャが現われる。若く美しい詩人で、友人をひとり伴っている。彼女を見たルスは、たちまち心を奪われる。そこで紹介の場を設け、あれこれ気を配る。クラウディア・サルダーニャは農場でその日の午後と夜を過ごし、翌朝、住まいのあるロサリオへ帰っていく。ルスは自作の詩を読んで聞かせ、フランス語に訳された詩集を見せ、赤ん坊のときの自分がヒトラーと一緒に写っている写真を見せ、詩を書くよう励まし、彼女の詩を読ませてくれるように頼み（クラウディア・サルダーニャは、自分はまだ初心者で、あまりに下手くそだと答えた）、彼女がほめた小さな木彫りを贈り、しまいには酒で酔わせ、気分を悪くさせて、帰さないようにしようとしたが、クラウディア・サルダーニャは帰ってしまった。

二日後（夢遊病者のように過ごしたあとで）、ルスは自分が恋していることに気づく。少女のような気持ちがする。ロサリオにいるクラウディアの電話番号を手に入れ、電話をかける。ほとんど素面だったが、気持ちを抑えきれない。また会ってほしいと頼む。クラウディアは応じる。二人は三日後にロサリオで会うことになる。ルスは我慢できずに、その晩、あるいは遅くとも翌日会いたがる。クラウディアは断れない約束があるとほのめかす。無理なものは無理、どうしようもないのだと。ルスはあきらめて状況を受け入れ、幸せな気持ちになる。その晩は泣き、踊り、気を失うまで酒を飲む。誰かにそのような感情を抱くのは、間違いなく初めてのことだ。真の愛だとペドリートに打ち明けるが、彼は何を言ってもうなずくばかりである。

ロサリオでの約束は、ルスが思い描いたほど素晴らしいものではなかった。クラウディアは明快かつ率直に、二人が将来より親密な関係になるには障害があると述べる。自分はレズビアンではないこと、年齢差は根本的な問題であること（二十五歳以上の開きがあった）、そして最後に政治思想が、明らかに敵対してはいないにしても正反対であることを挙げる。「私たちは不倶戴天の敵同士なの」とクラウディアは悲しげに言う。この最後の言葉がルスの興味を引いたようだ。（レズビアンであるかどうかなど、愛が本物であれば取るに足りないことだと彼女には思えた。それに歳なんて幻想だ。）だが、不倶戴天の敵同士という言葉に好奇心が目覚める。どうして？　だって私はトロツキストで、あなたはくそいまいましいファシストだから、とクラウディアは言う。ルスは侮辱の言葉を無視して笑う。で、それは乗り越えられないの？　とルスはたまらなく愛しい思いに駆られながら訊く。乗り越えられない、とクラウディアは答える。じゃあ詩ならどう？　とルスは訊く。近ごろアルゼンチンじゃ詩が果たすべき役割は小さいわ、とクラウディアは言う。たぶんそのとおりね、とルスは認めながら、涙が溢れそうになる。でもね、もしかするとあんたは間違っているかもしれない。別れは悲しい。ルスの車は空色のアルファロメオのスポーツカーだ。丸々とした体を車に入れるのに苦労するが、元気よく、笑みを浮かべながら奮闘する。クラウディアは、二人がいたカフェテリアの入口から動かずにルスを眺めている。クラウディアの姿をバックミラーに捉えたまま、ルスはアクセルを踏む。

同じ状況にいたら誰だって参っていただろうが、ルスは並大抵の人間ではない。創作意欲が奔流のように湧き起こる。かつて、恋または失恋に苦しんでいたとき、彼女の筆は長いこと涸れていた。いまやルスは、運命の避けがたさを予感してか、狂ったように書く。毎晩クラウディアに電話して、話し、議論し、互いに詩を読み合う（クラウディアの詩は明らかに出来が悪かったが、ルスはそれを指摘するとき十分に気を遣った）。毎晩、また会いたいとしつこく懇願する。現実離れした提案をする。一緒にアルゼンチンを離れ、ブラジルかパリに逃げるのだ。彼女の計画は若い女流詩人の爆笑を誘うが、それは残酷さのない、おそらくは悲しみを帯びた笑いである。

突然、ルスは田舎、パラナ河の芸術家コミューンにいるのが息苦しくなり、ブエノスアイレスに戻ろうと決心する。首都で社交生活を再開し、友人たちと頻繁に行き来し、映画や舞台を観に行こうとする。だができない。ロサリオにいるクラウディアを、当人の許可を得ずに訪ねる勇気もない。そのとき、ルスはアルゼンチン文学史上最も奇妙な詩のひとつを書く。愛と後悔とアイロニーに満ちた、七五〇行からなる「わが娘」である。そして毎晩クラウディアに電話する。

おびただしい回数の会話を交わした後、二人の間に互いに対する偽りのない友情が芽生えたと考えてもおかしくはない。

一九七六年九月、愛に満たされたルスは、アルファロメオに乗り込むと、ロサリオに向けて文字どおり飛んでいく。自分が変わろうとしていること、現にもう変わりつつあることを、クラウディアに伝えたい。クラウディアの家に着くと、彼女の両親が絶望のどん底にいる。見知らぬ集団が若い女流詩人を誘拐したのだ。ルスはありとあらゆる手を尽くし、自分の友人、母親の友人、長兄やファンの友人に助けを求めるが、徒労に終わる。クラウディアの友人たちは、彼女は軍部に捕まったと言う。

ルスは何も信じようとせず、待ち続ける。二か月後、町の北部のゴミ投棄場でクラウディアの死体が見つかる。翌日、ルスはアルファロメオでブエノスアイレスに帰る。その途中、とあるガソリンスタンドに激突する。爆発は凄まじいものだった。

移動するヒーローたち
あるいは鏡の割れやすさ

イグナシオ・スビエタ

一九一一年ボゴタ生まれ――一九四五年ベルリン没

ボゴタ有数の名家の一人息子として生まれたイグナシオ・スビエタの生涯は、当初から最高峰に向かうことを約束されていたようだ。優秀な学生で、非凡なスポーツマンでもあった彼は、十三歳で英語とフランス語を正確に話し書くことができた。男らしい立ち居振る舞いと美貌はどこにいても人目を惹き、人当たりもよかった。スペインの古典文学に精通し（十七歳のときにガルシラソ・デ・ラ・ベガについての研究書を自費出版し、コロンビアの文壇で異口同音の賞賛を浴びることになる）、一流の騎手であり、同世代のポロのチャンピオン、卓越したダンサーで、どちらかと言えばスポーティーな服が好みだが、着こなしは完璧、徹底した愛書家で、陽気だが悪癖は持たず、彼のなかにあるすべてが、最大限の成功、あるいは少なくとも、彼の家族と祖国にとって利益をもたらす人生を予感させた。だが、偶然または彼が生きることになった（そして生きることを選んだ）恐怖の時代が、彼の運命を取り返しがつかないほど歪めてしまった。

十八歳のとき、スビエタはゴンゴラ風の詩集を刊行し、批評家たちは、価値ある興味深い作品だが当時のコロンビアの詩に何ら寄与するものではないと指摘する。スビエタは了解し、半年後、友人のフェルナンデス＝ゴメスを伴い、ヨーロッパに向けて旅立つ。

スペインでは上流階級のサロンに足繁く通い、若さと人なつこさ、知性と、このころすでにすらりとした長身を包んでいた悲劇的な威厳によって人々を魅了する。噂では（当時のボゴタの新聞のゴシップ欄によると）、裕福な未亡人で、スビエタより二十歳年上だったバアモンテス公爵夫人と親密な関係にあったというが、この件に関する確たる証拠はない。カステリャーナ通りの彼のアパートには、詩人や劇作家、画家たちが集う。スビエタは十六世紀の探険家エミリオ・エンリケスの生涯と作品に関する研究に着手するも、未完に終わる。詩を書くが出版はせず、読んだ者もほとんどいない。ヨーロッパとアフリカ北部を旅し、ときおり自分の巡礼についての覚え書き、観察力を備えた旅行者のメモをコロンビアの新聞に送る。

一九三三年、何人かの証言によれば、あるスキャンダルが起こるのを予感したため（結局起こらずじまいだったが）、スペインを離れ、パリにしばらく滞在したのち、ロシアとスカンジナビア諸国を訪れる。彼がソ連から受けた印象は矛盾と謎に満ちている。コロンビアの新聞社に不定期に書き送った報告からは、モスクワの建築、雪に覆われた広大な空間、レニングラード・バレエに感嘆したことが窺える。政治的な意見は控えている、というよりむしろ持っていない。フィンランドをおもちゃの国として描いている。スウェーデンの女性を途方もない田舎者と見ている。ノルウェーのフィヨルドはまだそれを詠う大詩人を見出していないと評す（イプセンは吐き気を催させる）。半年後パリに戻り、オー通りの快適なアパルトマンに居を定め、そこにまもなく、肺炎の回復を待ってコペンハーゲンに足止めされていた無二の親友フェルナンデス゠ゴメスが合流する。

パリでの生活は、ポロのクラブと芸術の夕べに明け暮れるものとなる。スビエタは昆虫学に興味を抱き、ソルボンヌ大学のアンドレ・チボー教授の講義に出席する。一九三四年、フェルナンデス゠ゴメスと、新たに友人となった青年フィリップ・ルメルシエとともにベルリンに旅行する。ルメルシエは目の眩むような風景や「世界の終末の光景」を描く画家で、スビエタは彼のことを何らかの形で支援していた。

スペイン内戦が勃発した直後、スビエタとフェルナンデス゠ゴメスはバルセロナに行き、その後マドリードに赴く。二人はそこに三か月留まり、逃げずに残ったわずかな友人を訪ねて回る。その後、彼らを知る者たちが少なからず驚いたことに、国民軍の支配地域に移動し、義勇兵としてフランコ派に加わる。スビエタは軍人としてたちまち出世を遂げ、いくつか空白期間がないわけではないが、しばしば勇敢な行為を表彰され、勲章を授かる。少尉から中尉に、その後ほとんどあっという間に大尉に昇進する。エストレマドゥーラにおける攻防、北部での戦闘、テルエルの戦いに参加したと思われる。しかし終戦時にはセビーリャにいて、管理職らしき任務に就いていた。コロンビア政府は非公式にローマ駐在文化担当官の職を打診するが、彼はその職を断る。一九三八年および三九年には、かつてほど盛んではないものの今なお魅力を残すロシオの巡礼祭に、元気のよい白い子馬の背に跨って参加する。フェルナンデス゠ゴメスとともにモーリタニアの地を旅しているとき、第二次世界大戦が勃発する。この間にボゴタの新聞社が受け取ったスビエタの記事は二つのみで、いずれもスビエタが特権的証人であるはずの具体的な政治的社会的事件には触れていなかった。一つ目の記事ではサハラ砂漠に生息するある昆虫の生態が描写されている。二つ目ではアラブ種の馬が取り上げられ、コロンビアで飼育されている純血種と比較されていた。スペイン内戦についても、ヨーロッパに迫りくる大変動についても、文学についても、彼自身についても一言も触れられていないが、コロンビアの友人たちは、スビエタが書くことを運命づけられていると思しき偉大な文学作品を待ち続ける。

一九四一年、親友ディオニシオ・リドルエホの呼びかけに応え、スビエタは、一般には〈青い旅団〉として知られるスペイン義勇兵の旅団に参加した最初のひとりとなる。ドイツでの訓練期間はひどく退屈で、その間、切っても切れない仲のフェルナンデス＝ゴメスの協力を得てシラーの詩の翻訳に専念し、それはカルタヘナの雑誌「今日の詩」とセビーリャの雑誌「詩文の灯台」に同時に掲載されることになる。

ロシアではヴォルホフ河沿いで展開されるさまざまな作戦やポサードの戦いに参加し、さらにクラースヌィ・ボルの戦いでは英雄的行動により鉄十字勲章を受ける。一九四三年の夏、負傷したフェルナンデス＝ゴメスがリガの陸軍病院で療養中だったため、スビエタは単身パリに戻る。

パリでは社交生活を再開する。作家や芸術家と親しく交わる。ルメルシエを伴いスペインを旅行する。その折にバアモンテス公爵夫人に再会したとも言われている。マドリードのある出版社が、彼のシラーの翻訳を収録した本を刊行する。祝賀会が続き、ありとあらゆるパーティーに招かれ、社交界の寵児となるが、スビエタはもはや以前の彼ではない。あたかも差し迫る死を予感しているかのように、顔には常に深刻な表情が浮かんでいる。

十月、〈青い旅団〉の帰国に伴い、フェルナンデス＝ゴメスが戻ると、二人の友はカディスで再会する。ルメルシエともどもセビーリャを訪れたのちマドリードに赴き、大学の階段教室で多数の熱狂的な聴衆を前にシラーの詩を朗読する。その後パリに向かい、ようやくその地に身を落ち着ける。

ノルマンディー上陸作戦の数か月前、スビエタはシャルルマーニュ旅団の将校たちと連絡を取るが、このフランスのナチ親衛隊の記録に彼の名前は載っていない。スビエタは大尉として、刎頸の友フェルナンデス＝ゴメスとともにロシア戦線に復帰する。一九四四年十月、ルメルシエはワルシャワから送られた原稿の一部を受け取り、それはのちにイグナシオ・スビエタの文学的形見となる。

不屈のフランス・ナチ親衛隊の大隊に編入されたスビエタは、第三帝国の末期にベルリンで包囲される。フェルナンデス＝ゴメスの日記によれば、一九四五年四月二十日、スビエタは市街戦の最中に戦死する。同月二十五日、フェルナンデス＝ゴメスはスウェーデン公使館に友人の遺稿と、自分の原稿が入った箱を託し、一九四八年にスウェーデン大使館はドイツ駐在コロンビア大使にそれらを送る。スビエタの原稿は最終的に遺族のもとに届き、一九五〇年に瀟洒な小ぶりの本がボゴタで刊行され、十五編からなるその詩集には、この南米の美しい国で暮らすことを決意したルメルシエの挿画が付されている。詩集は『花の十字架』と題されている。どの詩も三十行未満である。最初の詩は「ベールの十字架」と題され、二つ目は「花の十字架」という具合に続く（最後から二つ目の詩は「鉄の十字架」、最後は「瓦礫の十字架」）。言い添えるまでもなく、それらの詩は間違いなく自伝的であるが、難解な言葉遣いのために、そこにスビエタの生の遍歴、彼の亡命、選択、一見不毛な死を常に取り巻く謎を探ろうとする者にとっては曖昧で暗号めいたものとなっている。

スビエタの他の作品についてはほとんど何も知られていない。それ以上は残っていない、あるいはわずかに残っているが出来は期待はずれであると言う者もいる。一時期、五〇〇ページを超すきわめて私的な日記が存在したものの、スビエタの母親が焼き捨ててしまったのではないかとの憶測が流れた。

一九五九年、ボゴタの極右グループが、『鉄十字――ボリシェヴィズムと闘ったコロンビア人』という本（この題も副題も明らかにスビエタによるものではない）を刊行するが、ルメルシエの許可を得てはいたがスビエタの遺族の許可は得ていなかったので、遺族は件のフランス人と発行元らを相手取り訴訟を起こす。この小説というか長めの短篇（八〇ページで、軍服を着たスビエタの写真が五枚あり、そのうちの一枚ではスビエタがパリのレストランで、第二次世界大戦でコロンビア人が得た唯一の鉄十字章を、冷たい微笑を浮かべながら見せている）は兵士間の友情を称えるもので、その種の数多くの文学作品に見られがちなありふれた題材をひとつも避けておらず、当時の批評家はスヴェン・ハッセルとホセ・マリア・ペマンの混交と評した。

ヘスス・フェルナンデス＝ゴメス

一九一〇年カルタヘナ・デ・インディアス生まれ―一九四五年ベルリン没

没後三十年にアルゼンチン第四帝国社が著作の一部を刊行するまで、ヘスス・フェルナンデス＝ゴメスの生涯と作品はまったく世に知られていなかった。刊行された著作のひとつ『ファランヘ党員の南米人　ヨーロッパでの戦いの日々』は、一八〇頁ほどの一種の自伝的小説で、戦場で負傷した著者がリガの陸軍病院で療養していた三十日間に書かれた。フェルナンデス＝ゴメスはその小説で、スペイン内戦と、名だたるスペインの〈青い旅団〉すなわち第二五〇師団の志願兵として赴いたロシアでの冒険を語る。もうひとつは『新秩序の宇宙発生論』と題された長篇詩である。

まず後者から紹介してみよう。この詩は三千連からなり、一九三三年から三八年にかけてコペンハーゲンとサラゴサで書かれたものである。叙事詩たらんとするこの詩では二つの物語が語られるが、それぞれの物語は絶えず互いに割って入ったり、二つが並行して語られたりする。ひとつは龍を退治しなければならないゲルマンの戦士の物語、もうひとつは敵対的な環境でその真価を発揮しなければならない南米人学生の物語である。ある夜、ゲルマンの戦士は夢のなかで龍を殺し、この龍が支配していた王国に新しい秩序をもたらす。南米人学生は夢のなかで誰かを殺さなければならず、その誰かを殺せとの命令に従い、武器を手に入れ、殺すべき相手の部屋に入るが、そこには「鏡の滝がるだけで、それを見た彼は永久に盲目となってしまう」。ゲルマンの戦士は夢から醒めると、自信に満ちて戦いに赴き、命を落とす。盲目になった南米人学生は、盲目をもたらした輝きによって、逆説的ではあるが力を取り戻し、ある寒い都市の通りを死ぬまでさまよい歩く。

『ファランへ党員の南米人　ヨーロッパでの戦いの日々』の冒頭は、作者が生まれ故郷のカルタヘナで「貧しいが誠実で幸福な」家庭で育った幼少期と思春期、初めての読書や詩作を振り返っている。続いて、ボゴタの娼家でのイグナシオ・スビエタとの出会い、二人の若者が結んだ友情、ともに抱いた野心、世界を見て、家族のしがらみから解放されたいという欲求が語られる。第二部では、ヨーロッパで過ごした最初の数年間、すなわちマドリードのアパートでの共同生活、新たな友人たち、ときには殴り合いとなるスビエタとの初期の喧嘩、邪悪な老人たち、アパートで勉強できないため国立図書館に長時間こもったこと、大抵は楽しいがたまに不幸な結果に終わる旅の数々が綴られている。

フェルナンデス＝ゴメスは自らの青春期に驚かされる。自身の肉体、性的能力、男性器の長さ、いかに酒に強いか（彼自身は酒嫌いだが、飲むのはスビエタに飲酒癖があったからだ）、何日も寝ずに過ごせることについて語る。また、最も困難な時期に自ら引きこもることのできる能力、文学という営みがもたらす慰め、「彼に威厳を与え、彼のあらゆる罪を清め、彼の人生と彼が払った犠牲（ただし、この「犠牲」がどのようなものであったか、彼は決して明かさないのだが）に意味を与えてくれるような」偉大な作品を書く可能性についても驚き、感謝している。彼は自ら認めているように、スビエタの影を、「締めることが義務づけられたネクタイのように、あるいは死もいとわない忠誠心のように首に巻きつけ」ていたにもかかわらず、スビエタではなく、自分自身について語ろうと試みている。

彼は政治的な考察を長々と述べることはしない。ヒトラーをヨーロッパの救済者と見なしているが、この人物についてそれ以上のことはほとんど語っていない。だが、物理的に権力に近づくと、感動のあまり涙さえ流すのだ。この本には、スビエタとともにどんちゃん騒ぎや儀礼的行事、勲章の授与式、軍事パレード、ミサや舞踏会に参加する場面が数多く出てくる。不当に権力の座にある者たち、とはほとんどきまって将軍や高位聖職者なのだが、彼らについては仔細に語られ、そこには母親が子供の話をするときのような愛情と呑気さが感じられる。

スペイン内戦は真実の瞬間である。フェルナンデス＝ゴメスは熱狂し、果敢に身を投じるが、いつも傍らにいるスビエタが重荷であると直ちに気づき、未来の読者にもそう伝えている。一九三六年のマドリードを再現した個所では、スビエタとともに、赤の恐怖から身を隠している友人たちを探して亡霊たちの間を亡霊のごとく歩き回ったことや、ラテンアメリカ諸国の大使館を訪ね、覇気のない職員の応対を受けるが、情報はほとんど何も得られなかったことが、心を動かす迫真の筆致で綴られている。フェルナンデス＝ゴメスはすぐにその異常な事態に適応する。軍隊生活、前線の苛酷さ、行進と背面行進が、彼の精神状態、気力を損なうことはない。彼は空いた時間を使って本を読み、物を書き、多くを自分に頼っているスビエタを助け、将来のことを考え、コロンビアに帰国したときの計画をあれこれ立ててみるが、その計画は結局実行に移されることはない。

スペイン内戦が終結すると、以前にも増してスビエタとの結びつきを強めたフェルナンデス＝ゴメスは、ほぼ時を同じくして〈青い旅団〉のロシア遠征に参加する。ポサードの戦いは、抒情性もいかなる種類の妥協も排した戦慄すべきリアリズムによって語られる。砲弾を浴びてばらばらにされた死体の描写は、ときにフランシス・ベーコンの絵を思わせる。最終部ではリガ陸軍病院の悲惨さ、友もなく、不覚にも遠い祖国のカルタヘナの夕暮れと比べてしまうバルト海の夕暮れの憂愁のなかに置き去りにされた、打ちひしがれた兵士の孤独が語られる。

校正も校閲もされていない作品というその性格にもかかわらず、『ファランへ党員の南米人 ヨーロッパでの戦いの日々』は、極限状態の内側で書かれた作品の力を備えている。もちろんイグナシオ・スビエタの人生の知られざる側面についての読みごたえある明快な説明もあるのだが、ここでは慎んで触れずにおく。フェルナンデス＝ゴメスがリガの病院のベッドからスビエタに対して浴びせる数々の非難のうち、シラーの詩の翻訳の著作権をめぐる、純粋に文学的な性質のもののみ記しておくことにしよう。ともかく、何がどうあれ確かなことは、画家のルメルシエという第三者がいたにせよ、二人の友人が再会し、議論の的となっていたシャルルマーニュ旅団に参加する道をふたたびともに歩み出したことである。この最後の遠征にどちらがどちらを引きこんだのかを判断するのは難しい。

フェルナンデス＝ゴメスの世に出た最後の作品（それが本当に最後の作品であることを疑わせるも

のは何もないのだが）は、一九八六年にコロンビアの都市カリでオディィン社から刊行された中篇官能小説『ブラカモンテ伯爵夫人』である。賢明な読者なら、この小説の女主人公にバアモンテス公爵夫人を、また敵役の青年二人に切っても切れない仲のスビエタとフェルナンデス＝ゴメスを容易に認めることだろう。この小説は一九四四年のパリで書かれたにしてはユーモアがなくはない。おそらくフェルナンデス＝ゴメスはいくぶん誇張しているのだろう。小説のブラカモンテ伯爵夫人は三十五歳で、実際の公爵夫人の年齢と思われる四十過ぎではない。フェルナンデス＝ゴメスの小説では、二人のコロンビア人の青年（アギーレとガルメンディア）が夫人と夜を分かち合う。二人は、昼間は寝るか執筆する。アンダルシアの庭園の描写が緻密で、それなりに興味深いものとなっている。

先駆者たちと反啓蒙主義者たち

マテオ・アギーレ＝ベンゴエチェア

一八八〇年ブエノスアイレス生まれ――一九四〇年コモドーロ・リバダビア没

チュブ州に所有する広大な農場を自ら経営し、そこに友人が訪ねてくることもきわめて稀だったので、彼の生涯は、瞑想に耽る牧歌的な生活と超人的な働きぶりの間を揺れ動く謎となっている。拳銃とナイフを蒐集し、フィレンツェ派の絵画を好む一方、ヴェネチア派の絵画を嫌った。英語で書かれた文学に通暁し、ブエノスアイレスとヨーロッパのさまざまな書店に定期的に注文していたにもかかわらず、蔵書が千冊を超えることは決してなかった。独身主義者で、ワーグナー、何人かのフランスの詩人（コルビエール、カチュール・マンデス、ラフォルグ、バンヴィル）、何人かのドイツの哲学者（フィヒテ、アウグスト・ヴィルヘルム・シュレーゲル、フリードリヒ・シュレーゲル、シェリング、シュライアーマッハー）を愛した。書き物や農場関係の事務処理に使っていた部屋には地図と農機具が山ほどあり、壁の書架に収められた辞典類と各種実用書が、壁に掛かったアギーレ家の移民第一世代の色褪せた写真および品評会で賞を受けた家畜の輝かしい写真と、調和のうちに共存していた。

　よくできた長篇小説を四つ（『嵐と若者たち』一九一一年、『悪魔の川』一九一八年、『アナと戦士たち』一九二八年、『滝の魂』一九三六年）間を置いて書いた一方、小さな詩集も手掛け、そこでは自分が若すぎる国にあまりに早く生まれたことを嘆いている。

　彼の書簡は数が多く、簡潔である。手紙の相手は欧米の作家たちで、その傾向は実にさまざまだが、いずれも彼が熱心に読んできた作家であり、手紙が馴れ馴れしい調子になることは一度もなかった。

　アルフォンソ・レイエスを毛嫌いしたが、その徹底ぶりはより高尚な目的に相応しいものであった。

　死の直前、ブエノスアイレスのある友人に送った手紙のなかで、人類にとって輝ける時期が到来し、新たな黄金時代への凱旋入城が果たされることを予言しつつ、果たしてアルゼンチン人はその状況に適応するだろうかと自問している。

シルビオ・サルバティコ

一九〇一年ブエノスアイレス生まれ―一九九四年ブエノスアイレス没

彼が若いころ提言したことのなかには、異端審問の復活、公開体刑、相手がチリ人であろうがパラグアイ人やボリビア人であろうが、一種の国民的スポーツとして絶え間なく戦争を行なうこと、一夫多妻制、アルゼンチン人の血のさらなる汚染を防ぐためのインディオの殲滅、ユダヤ系市民の権利の縮減、スペイン人と先住民が長年にわたり見境なく交わったあげく黒ずんでしまった国民の肌を徐々に白くするための、北欧諸国からの大量の移民受け入れ、作家に対する終身助成金、芸術家に対する課税の免除、南米最強の空軍の創設、南極大陸の植民地化、パタゴニアにおける新たな都市の建設などがある。

彼はサッカー選手であり、未来派の詩人だった。

一九二〇年から二九年にかけて、詩集を十二冊以上書いて出版し、そのうちのいくつかが市や州の文学賞を受賞した一方、文学サロンや流行りのカフェに足繁く通った。一九三〇年からは、悲惨な結婚とたくさんの子供に束縛されながら、首都のさまざまな新聞のゴシップ記者や校正者として働き、しばしば貧民街に足を運んだり小説を書いたりしてみたものの、小説家としての才能にはまったく恵まれなかった。刊行されたのは三冊である。『名誉の野』（一九三六年）は、不気味なブエノスアイレスの街で半ば秘密裏に行なわれたいくつもの挑戦と決闘を描くもので、『フランスの貴婦人』（一九四九年）は心優しい娼婦たち、タンゴ歌手と刑事たちの物語、『暗殺者の目』（一九六二年）は興味深いことに七〇年代や八〇年代のサイコキラー映画を先取りしている。

ビジャ・ルロの老人ホームで亡くなり、所持品は古い本と未発表原稿の詰まったスーツケースひとつきりだった。

彼の著作は一度も再版されていない。未発表原稿はおそらくホームの管理人がゴミ箱に捨てたか焼却したものと思われる。

ルイス・フォンテーヌ・ダ・ソウザ

一九〇〇年リオデジャネイロ生まれ―一九七七年リオデジャネイロ没

早熟な『ヴォルテールへの反駁』（一九二一年）の著者であり、この本はブラジルのカトリック文学界から絶賛され、六四〇ページにおよぶ浩瀚さ、注解と文献目録、著者のまぎれもない若さにより、学界からも賞賛を浴びる。一九二五年、処女作によって生じた期待に応えるかのように『ディドロへの反駁』（五三〇ページ）が、その二年後には『ダランベールへの反駁』（五九〇ページ）が刊行され、この二作によって彼は祖国のカトリック哲学者たちの先頭に立つ。

一九三〇年には『モンテスキューへの反駁』（六二〇ページ）、一九三二年には『ルソーへの反駁』（六〇五ページ）が刊行される。

一九三五年、ペトロポリスの精神病院に四か月入院する。

一九三七年、それまでの全著作と同じく浩瀚な書『ヨーロッパにおけるユダヤ人問題ならびにブラジル人問題に関する覚書』（五五二ページ）を刊行し、そのなかで、混血が広まったときブラジルを待ち受ける諸々の危険（無秩序、乱交、犯罪）について述べている。

一九三八年、『ヘーゲルへの反駁ならびにマルクスとフォイエルバッハへの短い反駁』（六三五ページ）が出るが、多くの哲学者と一部の読者から精神錯乱者による著作と見なされる。フォンテーヌはフランス哲学を知っていたが（フランス語を完璧に使いこなしている）、それに引き替えドイツ哲学は知らなかったことに反駁の余地はない。ヘーゲルについては、彼はしばしばカントと混同するばかりでなく、ジャン・パウルやヘルダーリン、ルートヴィヒ・ティークと混同することすらあり、彼のヘーゲルへの「反駁」は、批評家によれば、嘆かわしい出来である。

一九三九年、感傷的な中篇小説を出版し、世間を驚かせる。わずか一〇八ページ（これも驚きだった）のなかで語られるのは、ポルトガル文学の教授がノヴァ・アンブルゴの裕福だが文盲同然の若い娘を口説く様である。長篇小説『敵対者の闘い』はほとんど売れないが、その繊細な文体、鋭い機知、作品を構築する言葉の徹底した無駄のなさを見逃さなかった批評家もいて、彼らはこの本を手放しで賞賛した。

一九四〇年、ペトロポリスの療養所にふたたび入り、三年間そこに留まる。長期にわたる滞在の間、クリスマスや家族と過ごす休暇によってしばしば中断され、常に看護婦の厳しい監視下にあったものの、『敵対者の闘い』の続篇『ポルト・アレグレの夕暮れ』を書く。副題の「ノヴァ・アンブルゴの黙示録」は、小説全体の性格を明らかにしている。物語は『敵対者の闘い』が中断されたまさにその場所から始まる。前作の繊細な文体、鋭い機知、言葉の無駄のなさとは無縁の粗い書きぶりの『ポルト・アレグレの夕暮れ』では、ブラジル南部の都市のいつまでも続くようでいて実に短い夕暮れが、同じ一人の人物であるポルトガル文学の教授の複数の視点から語られる一方、そのときノヴォ・アンブルゴでは（「ノヴォ・アンブルゴの黙示録」という副題はここから来ている）、使用人、主人一家、そしてあとから警官が、裕福な文盲の跡取り娘の部屋の大きな天蓋付き寝台の下で、滅多突きにされて殺された娘の死体を見つける。この小説は家族の要請により、一九六〇年代後半まで刊行されない。

その後、長い沈黙が続く。やがて一九四三年、リオデジャネイロの新聞に、ブラジルの第二次世界大戦参戦に抗議する記事を発表する。一九四八年、雑誌「ブラジル女性」に、パラー州の、なかでもタパジョス川とシングー川に挟まれた地域の花と伝説に関する記事を寄稿する。

一九五五年になると、今度は、『サルトル「存在と無」への批判』第一巻（三五〇ページ）を刊行する。これは『存在と無』の序論「存在の探求」のうち、第二節と第三節のみを扱っている。それらの節「反省以前的なコギトと知覚の存在」と「知覚されること（Percipi）の存在」を非難するフォンテーヌは、ソクラテス以前の哲学者からチャップリンやバスター・キートンの映画まで引き合いに出す。一九五七年、第二巻（三二〇ページ）が上梓され、ここではサルトルの著書の序章第五節「存在論的証明」と第六節「即自存在」が扱われている。いずれの巻も、ブラジルの哲学界と大学で、大した反響は引き起こさなかった。

一九六〇年には第三巻が世に出る。六〇〇ページちょうどの本で、第一部（「無の問題」）第一章（「否定の起源」）第三節、第四節および第五節（「無の弁証法的考え方」、「無の現象学的考え方」および「無の起源」）と第一部第二章（「自己欺瞞」）第一節、第二節および第三節（「自己欺瞞と虚偽」、

「自己欺瞞的な行為」および「自己欺瞞の《信仰》」）を扱っている。

一九六一年、彼の担当編集者でさえ破ることのできなかった墓のような沈黙のなかから、第四巻（五五五ページ）が登場する。これは第二部（「対自存在」）第一章（「対自の直接的構造」）の五節（「自己への現前」「対自の事実性」「対自と、価値の存在」「対自と、諸可能性の存在」「自我と、自己性の回路」）、さらに第二部第二章（「時間性」）第二節および第三節（「時間性の存在論」、a「静的時間性」、b「時間性の動態」および「根源的時間性と心的時間性──反省」）に取り組んでいる。

一九六二年、第五巻（七二〇ページ）が刊行される。ここでは第二部第三章（「超越」）、第三部（「対他存在」）第一章（「他者の存在」）のほぼすべての節と第二章（「身体」）のもれなくすべての節を飛ばして、第三部第一章第三節（「フッサール、ヘーゲル、ハイデガー」）と第三章（「他者との具体的な諸関係」）の三節［「他者に対する第一の態度──愛、言語、マゾヒズム」、「他者に対する第二の態度──無関心、欲望、憎悪、サディズム」および「《共にある存在》（共同存在）と《われわれ》」、a「対象」、b「主観」］について多くの紙幅を割き、果敢に扱っている。

一九六三年、第六巻に取り組んでいるとき、フォンテーヌの兄弟と甥たちはふたたび彼を精神病院に入院させざるをえなくなる。彼は一九七〇年までそこに留まる。その後、二度と筆を執ることはなかった。七年後、リオデジャネイロのレブロン地区にあった快適なマンションで、アルゼンチンの作曲家ティト・バスケスのレコードを聴きながら、大窓からリオの夕暮れ、車、歩道で討論する人々、明かりが点り、消え、窓が閉じるのをじっと眺めているとき、彼を突然の死が襲う。

エルネスト・ペレス＝マソン

一九〇八年マタンサス生まれ——一九八〇年ニューヨーク没

写実主義、自然主義、表現主義の小説家にして、デカダン派および社会主義リアリズムの信奉者。二十におよぶ作品により確立された彼の作家としての経歴は、カリブではほとんど誰もカフカを知らなかった時期に書かれながら、奇妙にもカフカの声がこだまする悪夢である見事な中篇小説『無情』（ハバナ、一九三〇年）に始まり、辛辣で恨みがましく軋みを立てる散文『ハバナのドン・ファン』（マイアミ、一九七九年）に終わる。

雑誌「オリヘネス」の一風変わった同人で、レサマ＝リマと犬猿の仲だったことは伝説となっている。彼はこの『楽園』の著者に三回決闘を挑んだ。一回目は一九四五年で、ピナル・デル・リオ郊外に所有していた小さな農園を果し合いの場とすることを指示するが、この農園について彼はおびただしいページを費やして所有者であることの深い喜びを語り、所有者という語はついには存在論的に運命と同等の意味を担うに至った。レサマが決闘を無視したことは言うまでもない。

二度目は一九五四年で、決闘の場として選ばれたのはハバナの娼家のパティオであり、武器はサーベルであった。レサマはこのときも現われなかった。

三度目にして最後の挑戦は一九六三年のことだった。場所として選ばれたのはアントニオ・ヌアラール医師の屋敷の裏庭で、そこでは詩人や画家が参加するパーティーが開かれていた。武器はキューバの伝統的戦法に則り、素手だった。レサマはまったくの偶然によってそのパーティーに居合わせたが、エリセオ・ディエゴとシンティオ・ビティエルに助けられ、またしても免れた。このときは、ペレス＝マソンの空威張りが裏目に出た。三十分後に警官が到着し、短い口論の末に、彼は逮捕された。警察署で事態は悪化した。警察によれば、ペレス＝マソンは一人の警官の目を殴ったという。ペレス＝マソンによれば、それは自分を陥れるチャンスを前にして不自然にも結託したレサマとカストロ体制によって巧みに仕組まれた罠だという。事件は二週間の拘留によってけりがつけられた。

ペレス＝マソンがカストロ体制の監房に入るのはそれが最後ではなかった。一九六五年に長篇『貧者のスープ』が上梓され、彼はその小説で、ショーロホフが合格点を出しそうな非の打ちどころのない文体で、一九五〇年のハバナの大家族の苦しみを語っている。小説は十章からなる。第一章は次のように始まる。「朝、黒人女のペトラが戻ってきた……」、第二章は「独立心は強いが、内気で、消極的な彼女は……」、第三章は「ルイスは勇敢だった……」、第四章は「ファンは愛しい女の首に腕を回した……」。頭の切れる検閲官がたちまち躍り出る。各章の冒頭の文字が、〈アドルフ・ヒトラー万歳〉という折句を作っている。一大スキャンダルが生じる。ペレス＝マソンは偶然の一致だと蔑みを込めて抗弁する。検閲官たちは仕事に取り掛かる。新たな発見だ、各章第二段落の冒頭の文字が別の折句を作っている。〈この小国のクソッたれ〉。そして各章第三段落は、〈アメリカは何を待つか〉。各章第四段落は、〈お前たち向けのクソだ〉。このように、各章が常に二十五の段落で構成されているので、検閲官と一般大衆が二十五の折句を見つけるのに時間はかからなかった。失敗だった、とペレス＝マソンはのちに語っている。解読するには易しすぎた。だが難しいのを作っていたら、誰も気づかなかっただろう。

　結果として懲役三年の判決が下るが、最終的には二年の服役で済み、初期のいくつかの長篇の英訳と仏訳が出版される。そのうち『魔女たち』は女嫌いについての中篇で、複数の物語が別の複数の物語に分岐していき、それがさらに別の複数の物語に分岐していくという構造あるいは構造の欠如は、レーモン・ルーセルの作品にいくらか似たところがなくもない。『マソン一族の才覚』は典型的かつ矛盾に満ちた作品で、そこでペレス＝マソンが先祖の鋭い才覚《インヘニオ》について語っているのか、それともフリーメーソン《マソン》のある支部の面々が集結し、キューバ革命、のちには世界革命を計画する場所である十九世紀末の製糖工場《インヘニオ》について語っているのか、確かなところはわからないが、刊行当時（一九四〇年）、この作品をキューバ版『ガルガンチュアとパンタグリュエル』であると見てとったビルヒリオ・ピニェラの賞賛を浴びた。また『縛り首の木』は、当時（一九四六年）まだ先例のなかったカリブ風ゴシック調の暗黒小説で、共産主義者（驚いたことに、第三章はモスクワ、スターリングラード、ベルリンの英雄ジューコフ元帥の軍人としての浮沈を語ることにまるごと充てられ、この章はそれだけで――小説の他の部分とはほとんど関係がないのだが――二十世紀前半のラテンアメリカ文学の最も輝かしく奇妙な一部となっている）、同性愛者、ユダヤ人、黒人に対する嫌悪が露骨に現われ、ビルヒリオ・ピニェラの反感を買うが、それにもかかわらずピニェラは、眠れるワニのように不安をかき立てる、おそらくペレス＝マソンが書いたすべての小説のうちの最高傑作であろうこの小説の価値を認め続けた。

ペレス＝マソンは革命が成功するまで人生のほとんどを、ハバナの高等学校でフランス文学の教師として過ごした。一九五〇年代には、物語の種になったピナル・デル・リオのささやかな農園で、落花生と山芋の栽培を試みたが失敗に終わり、土地は新政府によって没収された。出所後のハバナでの生活については無数のことが語られているが、大半は作り話である。曰く、彼は警察のスパイだった、体制のある有名な政治家のために演説や講演の原稿を書いた、ファシストの詩人と暗殺者からなる秘密結社を創設した、アフリカ起源の民間信仰サンテリアを実践した、ハバナに住むあらゆる作家、画家、音楽家のもとを訪ね、当局との仲介を頼んだ。僕はただ働きたいだけだ、働いて、自分にただひとつできることをして、すなわち、物を書いて暮らしたいというのが彼の口癖だった。

出所したとき、彼は二〇〇ページの小説を完成させているが、それをあえて刊行しようとする出版社はキューバには皆無だった。小説は、一九六〇年代の識字運動の最初の数年間を掘り下げている。その出来栄えは非の打ちどころがなく、検閲官たちはそこに暗号化されたメッセージを見つけようと躍起になるが、徒労に終わる。それでもなおこの小説は出版されず、ペレス＝マソンは三部しか存在しない原稿を焼き捨ててしまう。何年かのち、彼は回想録のなかで、その小説全体が、一ページ目から最後のページまで暗号法「超絶的謎」の手引書だったのだと述べているが、当然ながらもはやそれを証明するテクストを持っていないので、彼が初期に書いたいささか性急の感があるフィデル・カストロ、ラウル・カストロ、カミロ・シエンフエゴス、チェ・ゲバラの聖人伝に批判的なマイアミの亡命キューバ人たちは、彼の言葉を信用しないか無関心を決め込み、ペレス=マソンは意趣返しとして、アイゼンハワー将軍やパットン将軍が登場する、猛烈に反米的な興味深い中篇ポルノ小説を書くことになる（この小説はアベラルド・デ・ロッテルダムの筆名で出版された）。

一九七〇年、同じく回想録によれば、ペレス=マソンは反革命作家・芸術家グループ（**Grupo de Escritores y Artistas Contrarrevolucionarios**）をなんとか結成する。グループのメンバーには、画家のアルシデス・ウルティア、詩人のファン・ホセ・ラサ=マルドネスがいたが、この二人について知っている者は皆無で、おそらくペレス=マソン自身によるでっち上げか、さもなければある時期に正気を失ったか二つの顔を使い分けようとした親カストロ政権作家たちの完全な偽名である。何人かの批評家によれば、ＧＥＡＣという略語には、キューバ・アーリア系作家グループ（**Grupo de Escritores Arios de Cuba**）という名が隠れている。いずれにせよ、反革命作家・芸術家グループもしくはキューバ（カリブ？）・アーリア系作家グループについては、ニューヨークにすっかり居を定めたペレス=マソンが回想録を出版するまで、何ひとつ知られることがなかった。

彼が追放されていた時期は伝説の領域に属している。ふたたび獄中にあったかもしれないし、そうではなかったかもしれない。

一九七五年、何度も失敗を繰り返したのち、ペレス=マソンはキューバ脱出に成功し、ニューヨークに落ち着き、その地で——毎日十時間以上働きながら——執筆と論争に没頭する。その五年後に他界する。『キューバ作家事典』（ハバナ、一九七八年）はカブレラ=インファンテを黙殺しているが、驚いたことにペレス＝マソンの名前を載せている。

呪われた詩人たち

ペドロ・ゴンサレス＝カレーラ

一九二〇年コンセプシオン生まれ―一九六一年バルディビア没

ゴンサレス＝カレーラについて語られている数少ない聖人伝はいずれも、その生涯がいかにも地味だったのとは対照的に、作品は実に輝いていたと断言する点において一致している。おそらくそれは正しいのだろう。貧しい家庭に生まれ、小学校の教員を務め、二十歳で結婚し、七人の子供の父親だったゴンサレス＝カレーラの生涯は、常に小さな田舎町かアンデスの村落の学校を渡り歩く転勤と、家族の不幸や個人的な不名誉に伴う経済的逼迫の連続であった。

初期の詩が示しているのは、カンポアモル、エスプロンセダといったスペインのロマン派を模倣する若者の姿である。二十一歳のとき、最初の詩が「南の花」誌という「農業、牧畜、教育、漁業」を扱う総合誌に載る。これを当時編集していたのはコンセプシオンとタルカウアノ出身の小学校の教員グループで、そのなかで才覚を現わしていたのは、ゴンサレスの幼馴染みだったフロレンシオ・カポーである。伝記作家たちによれば、ゴンサレスは二十四歳のとき、二つ目の詩をサンティアゴの師範学校誌に載せようとする。そのころ、首都に出てこの雑誌の寄稿者となっていたカポーは、友人の詩を、当人の言葉によれば読んでいなかったものの推薦し、それはその他多くの詩人たちの二十篇の作品とともに掲載されるが、その詩人たちというのは、サンティアゴと、大方は地方で教職に就いている雑誌の主要読者でもあった。するとたちまちスキャンダルが生じ、その規模は国の教育の分野に限られていたものの、きわめて大きなものとなる。

彼の詩の言葉はカンポアモルの甘言からはほど遠い。三十行ちょうどの清澄な詩は、総領《ドゥーチェ》の翻弄された軍隊と愚弄されたイタリア人の勇気（戦時中、連合国支持者もドイツ支持者もイタリア人は臆病者の種族であると決めてかかっていた。サンティアゴのある政治家が、イタリアびいきのアルゼンチン人との間に起こりうる国境紛争に関連して、生粋のチリ人の国境警備隊がいれば、政府はイタ公の一師団を押しとどめて叩き潰せると言い切ったことはよく知られている）の復権を詠い、同時に、そしてこれが独創的なのだが、イタリアの明らかな敗北を否定し、「前代未聞の思いがけない驚異的な手段によって」、最後に勝利が訪れると約束している。

巻き起こった騒動について、当時サンタ・バルバラ近郊の辺鄙な村で教えていたゴンサレスは、三通の手紙を通じてようやく情報を知る。そのうち一通はカポーから送られたもので、彼はそこでゴンサレスの姿勢を非難しているが、二人の友情を再確認し、そこで事件から手を引いている。その騒動がもとで、雑誌「鉄の心」は彼に接触しようとし、文部省はゴンサレスの名をファシストの第五列になりうる人物の長く無益なリストに加えることになる。

次に彼が印刷物に参入するのは一九四七年のことである。抒情性と物語性、モデルニスモ風メタファーとシュルレアリスム風メタファーが混交する三篇の詩で、そこに見られるイメージはときとして読者を困惑させる。ゴンサレスは、「別の惑星からやってきたメロヴィング朝の」甲冑を着た男たちが、果てしなく続く板張りの回廊を歩くのを見る。金髪の女たちが悪臭を放つ小川の畔で眠るのを見る。どんな仕組みなのかよくわからない機械が闇夜に動き、サーチライトの光が「牙の王冠そっくり」であるのを見る。描写はしないが、恐怖を覚えながらも抗し難く惹きつけられる行為を見る。それらの詩は、この世界ではなく、「〈意思〉と〈恐怖〉が同一のものである」パラレル・ワールドで展開する。

翌年、ゴンサレスはさらに三篇の詩を、そのころプンタ・アレナスに拠点を移していた「鉄の心」誌に発表する。いずれの詩も、若干の相違はあるものの、先の三篇と同じ舞台と雰囲気に固執している。友人カポーに宛てた一九四七年三月八日付の手紙で、いつものように職場の環境に不平を漏らし、家庭の状況を嘆きながら、一九四三年の夏に詩的啓示を受けたと書いている。メロヴィング朝の異星人が初めて彼を訪ねてくるのはその時期である。だがその来訪は夢のなかの出来事なのか、それとも現実の出来事なのか。ゴンサレスは明らかにしてはいない。そのカポー宛ての手紙で、トンネルの奥で遭遇した異言の賜物、顕現《エピファニー》、奇跡のイメージについて長々と語る。それによると、田舎の学校で日が暮れるまで仕事をしていたとき、ひどい眠気と空腹に襲われた彼は、立ち上がって家に帰ろうとした。それができなかったのか、部分的にはできたのか、その点は曖昧なままである。その一時間後、目が覚めると、近くの空き地で地面にあおむけに横たわっていて、眼前にはめったにないほどの星空が広がり、すべての詩が頭のなかで、冒頭から最終行までできあがっていた。ゴンサレスから送られてきた手紙とともに「鉄の心」誌を読んだカポーは返事をしたため、そのような人里離れた場所にいるとしまいには頭がおかしくなるから、すぐに異動を願い出るようにと忠告する。

ゴンサレスは異動に関しては友人に従うが、独自の詩的鉱脈の開発はしぶとく続けた。続いて三篇の詩を（そのときはもはや存在しなかった「鉄の心」誌ではなく、サンティアゴのある新聞の文芸付録に）発表するが、シュルレアリスムのイメージ群も、象徴主義の重荷も、モデルニスモの気まぐれも（これは指摘しておかなければならないのだが、ゴンサレスは実質的にどの流派もほとんど知らなかった）そこからは消え去っていた。彼の詩は今や簡潔になり、イメージは飾り気がなかった。前の六篇に繰り返し現われた人物や事物も変化を被った。メロヴィング朝の戦士たちはロボットに変わり、悪臭を放つ小川の畔にいた瀕死の女たちは意識の流れに、理由もなく畑を耕す謎めいたトラクターは、南極大陸からやってきた秘密の船か〈奇跡〉（ゴンサレスは奇跡 Milagros の頭文字をMと大文字で書いている）に変わっている。そして今回は、それと対照をなすように一人の人物、広大な祖国で途方に暮れる作者自身の姿が描かれる。その人物は奇跡の証人として幻影を眺めているが、かいつまんで言えば、それらの由来も、その現象学も、その最終目的も知らない。

一九五五年、多大な努力と際限のない犠牲と引き換えに、ゴンサレスは、転勤先のマウレ州の州都カウケネスの印刷所から、十二篇の詩を収めた小冊子を自費出版する。その小冊子は『12』と題され、作者自身が装丁を手掛けた表紙は、ゴンサレスが自作の詩に添えていたが彼の死後まで知られることがなかった数多くの挿絵の最初のものであるという点で特筆すべきものである。下方に置かれた12（Doce）という言葉をなす四文字は鷲の鉤爪でできていて、燃え上がる鉤十字を握っている。

鉤十字の下には、子供が描いたような波打つ海らしきものがある。実際、波間には子供の姿が見え、「ママ、こわいよ」と言っている。その子供の言葉を囲む吹き出しはかすれている。子供と海の下には何本かの線、インクの染みが見られるが、それらはおそらく火山もしくは印刷の不備だろう。

新たな十二篇には、先の九篇にはなかった人物や事物、風景が加わっている。ロボット、意識の流れ、船に、今度は〈運命〉と〈意思〉が加わり、それらは船倉に潜む二人の密航者、〈疾病装置〉、〈言語装置〉、〈記憶装置〉（時の始まりから故障している）、〈可能性装置〉、〈精度装置〉によって具現化される。過去の詩に見られた唯一の人物（ゴンサレス自身）には、今度は〈残酷の弁護人〉が加わる。これは奇妙な人物で、ときに下層のチリ人のように（下層のチリ人がそんなふうに話すと小学校の教師たちが思っていたように）話し、またときには巫女かギリシアの腸卜官のように話す。これら十二篇の詩の舞台は過去の詩と同じで、真夜中の農園かチリの中心に置かれた巨大な劇場である。

ゴンサレスは小冊子をサンティアゴと地方のさまざまな新聞に送るが、彼の努力にもかかわらず完全に黙殺される。バルパライソのゴシップ記者は、「田舎にジュール・ヴェルヌ現わる」と題してユーモラスな記事を書く。左翼系の新聞には、チリの文化的営みに見られるファシズム化の一例として、その他多くの事例とともに取り上げられる。だが実のところ、左翼にも右翼にもゴンサレスの詩集を読んだ者はなく、まして彼を擁護する者となると、おそらくフロレンシオ・カポーを除けば一人もいなかった。そのカポーは遠隔の地にいて、彼との友情も『12』の表紙の画が原因で壊れかけていた。カウケネスでは、二軒の文房具屋がひと月ばかり詩集を店頭に並べた。その後、本は作者のもとに送り返された。

ゴンサレスはへこたれずに執筆を続け、画も描き続けた。一九五九年、サンティアゴの二つの出版社に小説の原稿を送ったが、双方から出版を断られる。カポーに宛てた手紙のなかで彼は、それは科学小説であり、後生に伝えるべき自分の科学的知識の要約となっていると述べているが、物理学、宇宙物理学、化学、生物学、そして天文学に関する彼の知識がなきに等しいことは周知の事実である。さらにバルディビア近郊の村へ転勤したことで、もともと病弱だった彼の健康状態は悪化する。一九六一年六月、四十歳のとき、ゴンサレスはバルディビア県立病院で息を引き取る。遺体は共同墓地に埋葬される。

それから何年も経ち、「鉄の心」誌に彼の詩が掲載された号を読んでいたエセキエル・アランシビアとファン・エリング＝ラソの尽力によって、ゴンサレスの作品の調査研究が本格的に始まった。幸いにも、最初は夫人が、その後は娘の一人が遺稿の大部分を保管していた。さらにのちの一九七六年になって、フロレンシオ・カポーが、保管していた旧友の手紙を提供する。

こうして一九七五年、アランシビア編『全詩集』第一巻（三五〇ページ）が注釈付きで刊行される。

一九七七年、『全詩集』の第二巻にして最終巻（四八〇ページ）が刊行される。この巻にはゴンサレスが一九四五年に図表化したと思しき作品全体の構想に関する複数のメモとさまざまな意味で独創的な無数のスケッチが収録されている。作者はそれらを用いて、突如雪崩のように押し寄せてきて「私の心をかき乱す真新しい啓示」の意味を理解しようとしていた。

一九八〇年、小説『残酷の弁護人』が、「わがイタリア人の友、見知らぬ兵士、爆笑する犠牲者に捧ぐ」という奇妙な献辞付きで上梓される。この小説（一五〇ページ）は、流行に流されず（マウレで隠遁生活を送っていたゴンサレスが文学のトレンドに通じていたはずはないのだが）、読者に妥協せず、彼自身にも妥協しない姿勢で書かれていて、慎重に読み進めるようにと読者を誘っている。アランシビアが序文に書いているように、冷酷だが、激烈で、人を虜にする作品である。

最後に、ゴンサレスの全書簡を集めた九〇ページの薄い一巻本『書簡集』が一九八二年に世に出る。婚約者宛ての手紙、友人カポーに宛てた手紙（本書の大部分を占める）、雑誌の編集長、職場の同僚、文部省の役人に宛てた手紙が収録されている。それらは作品についてほとんど触れていないが、彼が経験しなければならなかった数々の苦しみについては多くを語っている。

今日、雑誌「南半球」誌の発起人や編集者の肝いりで、カウケネスの辺鄙な地区と、バルディビア北部の樹木のない広場の近くに、それぞれペドロ・ゴンサレス=カレーラの名を冠した通りが存在する。誰を記念するかを知る者はほとんどいない。

〈小姓〉ことアンドレス・セペーダ＝セペーダ

一九四〇年アレキパ生まれ―一九八六年アレキパ没

初期の文学的歩みには、アレキパの詩人で音楽家、マルコス・リカルド・アラルコン＝チャミソの恩恵と影響が顕著である。セペーダはこの人物とともに、〈アンデスのゴンドラ〉という名のレストランで、詩を競作しながら午後のひとときを過ごすのが常だった。一九六〇年、小詩集『ピサロ通りの運命』を出版したが、その副題「無数の扉」は、作中に表われるであろう南米全域の無数の「ピサロ通り」、ひとたび発見されれば（というのもそれらの「ピサロ通り」はたいてい隠されているからだ）、意思と夢が融合し、現実の新たなヴィジョン、南米的覚醒をもたらすはずの南米的知覚の新たな枠組みを提示するであろう「ピサロ通り」の存在を予告している。かなり雑然とした十一音節の詩行からなる十三篇で構成された『ピサロ通りの運命』は、批評家からは無視された。ただひとりアラルコン＝チャミソだけが、「アレキパ・エラルド」紙の書評で取り上げ、何よりもその音楽性、作者の「炎のごとき詩行の背後に潜む音節の神秘」を絶賛した。

一九六二年、著名な弁護士で論客のアントニオ・サンチェス＝ルハンがリマで編集にあたっていた隔月刊の雑誌「パノラマ」に寄稿し始める。二人は、アレキパ・ロータリークラブ主催の晩餐会で知り合った。その折に生まれたのが〈小姓〉というペンネームで、以後セペーダは熱狂的な政治記事から映画評や書評に至るまでさまざまな記事の署名にこれを用いた。一九六五年、「パノラマ」誌の仕事を、魚粉産業の大物でアントニオ・サンチェス＝ルハンの名付け親だったペドロ・アルゴテがオーナーの新聞「ペルー新報」の連載コラムと兼務する。この新聞紙上で、アンドレス・セペーダは束の間の栄光の時を生きる。彼の書く記事は、ジョンソン博士と同様多種多様で、後々まで続く反感や恨みを買う。あらゆる話題について意見を述べ、自分は何に対しても解決策を見出すことができると信じているが、しばしばミスを犯し、新聞ともども訴えられ、次々と裁判で負ける。一九六八年、リマの日常と化した混乱の真っ只中で『ピサロ通りの運命』を、元の十三篇に新たな五篇を加えて新装版として世に出すが、その五篇は、担当するコラム（「詩人の仕事」）で自ら打ち明けているように、八年を要したものである。今回は、〈小姓〉の名声のおかげで、詩集は無視されるどころか、いずれも負けず劣らず激しい攻撃を浴びることになる。批評家たちが用いた形容のなかで特筆すべきは、ナチの残党、出来損ない、ブルジョワの提灯持ち、資本主義の操り人形、CIAの手先、人を白痴にするつもりのへぼ詩人、エグーレンの剽窃者、サラサル・ボンディの剽窃者、サン＝ジョン・ペルスの剽窃者（この告発はサン・マルコス大学の青臭い詩人によるものだが、これはこれで学内のサン＝ジョン・ペルス信奉者と誹謗者の間にもうひとつの論争を引き起こした）、掃き溜めの用心棒、叩き売りの予言者、スペイン語の強姦魔、悪意の塊の作詩屋、田舎教育の産物、成り上がり野郎、混血の夢見男、等々。

しかしながら、『ピサロ通りの運命』の初版と第二版の違いはさほど大きなものではない。いくつか挙げてみよう。最も明らかな異同は、アレキパ版が十三篇からなり、師であるアラルコン＝チャミソに献じられているのに対し、リマ版は十八篇で、献辞は付されていないという点である。元の十三篇のうち、八番目、十二番目、十三番目のみ手が入れられて若干の異同があり、いくつかは同意語（難局が困難、判断力が能力、種々雑多が多種多様）に差し替えられているが、意味としては最初とそれほど変わらない。新たな五篇の詩はと言うと、十一音節の詩行、力強さを装った調子、どちらかと言うと謎めいたわざとらしさ、ときに無理やり詰め込んだような、独創性のかけらもない平凡な作詩という具合で、互いによく似ている。にもかかわらず、まさにこの五篇が加わったことで、最初の十三篇の意味は変化し、あるいはより深い意味が明らかになっているのだ。付け加えられた詩と照らし合わせてみると、以前は謎めいてもやのようにぼんやりしていたこと、神話的人物へのありきたりの言及が、はっきりと見てとれる明解さ、方法、賭けや提案に変わる。すると〈小姓〉が提案していることとは何か？　彼の賭けとは何か？　それは、ほぼピサロの時代にあたる鉄の時代への回帰。ペルーにおける人種間の対立（ただし彼がペルーと言うとき、そしてこれはほんの数行にまとめられている彼の人種闘争理論よりも重要なことなのだが、チリ、ボリビア、エクアドルを含む）。彼が「カストルとポルックスの闘い」と呼ぶ、のちのペルーとアルゼンチンの対立（アルゼンチンはウルグアイとパラグアイを含む）。不確かな勝利。そしておそらく、彼が第三千年期の三三年に起こると予言する、両陣営の敗北。最後の三行で彼は、肌の白い金髪の子供が、墓地を思わせるリマの廃墟から誕生することを、苦心しながらほのめかしている。

詩人セペーダの名声はひと月と続かなかった。〈小姓〉の経歴のほうはもう少し長続きしたが、すでに彼の時代は過ぎていた。名誉棄損で訴えられた裁判で負けるという不幸のあと、しばらくして「ペルー新報」から解雇される。彼は、広く認知されたある閣僚の無能ぶりを公然と批判したことから、インディオ出身のビール製造業者とその閣僚の秘書の怒りを買い、それを鎮めるための犠牲となったのだった。

以後、彼が本を出版することは二度となかった。

晩年は「パノラマ」誌への寄稿と、ラジオの臨時の仕事をして生計を立てた。ときたま新聞の校正をすることもあった。初めのうち、〈小姓たち〉と呼ばれるファンの小さなグループが彼の周囲に現われたが、時とともに散り散りになった。一九八二年、アレキパに帰り、小さな果物店を開いた。

一九八六年春、脳溢血により他界する。

旅する女性作家たち

イルマ・カラスコ

一九一〇年メキシコ、プエブラ生まれ――一九六六年メキシコシティ没

メキシコの詩人である彼女の作風は、神秘主義的傾向と苦痛に満ちた表現を特徴とする。二十歳のときに処女詩集『あなたのためにかすれた声』を出版した。この詩集には、ソル・フアナ・イネス・デ・ラ・クルスをひたむきに、ときに狂信的に読んだ跡が認められる。

彼女の祖父母と父母はポルフィリオ・ディアス支持者で、司祭だった兄は反革命のカトリック主義者クリステロスの理想を信奉し、一九二八年に銃殺された。一九三三年に出た『女たちの運命』では、神、人生そしてメキシコの新たな夜明けに恋していることを告白し、その新たな夜明けを、復活や目覚め、夢見ること、恋に落ちること、許すこと、結婚することといったさまざまな言葉で言い換えている。

開放的な性格の持ち主だった彼女は、メキシコの上流階級の社交界や新芸術のサロンに盛んに出入りし、その人懐こさと率直さでたちまち革命派の画家や作家たちを虜にし、彼らはイルマの思想が保

守的であることを十分に知りながらも、この女流詩人を喜んで迎え入れる。

一九三四年、十五篇のゴンゴラ風ソネットを収めた『雲の逆説』、およびきわめて個人的で、まだ言葉として存在していなかったフェミニズムのカトリック主義の先駆をなすとも言える詩篇を収めた『火山の衝立』を刊行する。彼女の創造力はあふれんばかりである。その楽天主義は周囲に感染する。人柄はこのうえなく素晴らしい。外見は美しさと落ち着きを感じさせる。

一九三五年、当時としては極端に短い五か月の婚約期間を経て、ソノラ州エルモシージョ生まれの建築家、ガビノ・バレーダと結婚する。この男は半ば隠れたスターリン主義者で、名うてのプレーボーイだった。イルマ・カラスコとバレーダがハネムーンを過ごしたのはソノラ砂漠で、二人はいずれもその荒涼とした景色からインスピレーションを得る。

新婚旅行から戻った二人はコヨアカンのコロニアル風の屋敷に落ち着き、バレーダはそれを改装して、鉄とガラスを壁に使った初のコロニアル風の家に変える。見かけは羨むべき夫婦である。二人とも若く、金銭面で不自由することはなかった。バレーダは輝かしい理想主義者的な建築家の典型であり、大陸の新しい都市のための壮大な計画を持っている。イルマは美しい上流階級の女性の典型で、誇り高いが賢く、穏やかで、芸術家夫婦をうまく港へ導くのに必要な舵取り役である。

しかし実生活は異なり、イルマにとっては幻滅を免れないものである。バレーダは妻を裏切り、三流のコーラスガールたちと付き合う。彼には気遣いというものがなく、毎日のように妻を殴る。イルマとその家族を「くそったれクリステロス」あるいは「銃殺処刑場の壁にこびりついた腐肉」などと呼び、友人や見知らぬ人間の前でおおっぴらにけなす。実生活はときとしてあまりに悪夢に似ている。

一九三七年、二人はスペインに赴く。バレーダは共和国を救うつもりである。イルマは結婚を救うつもりである。マドリードで、街がフランコ軍の爆撃を受けている間、イルマはスプレンドール・ホテルの三〇四号室で、生まれてこのかた経験したことがないほど手荒に殴られる。

翌日、イルマは夫に何も告げずにスペインの首都を離れ、パリに向かう。一週間後、バレーダが捜しに来たが、イルマはもはやパリにいなかった。彼女はすでにスペインの国境を越えて国民軍の支配地域に入り、家族の遠縁にあたるカルメル派洗足修道会の女子修道院長の援助を得てブルゴスで暮らしていた。

以後、内戦期における彼女の生活は伝説となっている。最前線の救護所で看護婦として働き、兵士の士気を高めるための道徳劇の台本を書き、女優を務めた。コロンビアのカトリック詩人、イグナシオ・スビエタとヘスス・フェルナンデス＝ゴメスの知己を得たとか、ムニョス・グランデス将軍は彼女と出会ったとたん自分のものにならないことを悟り、泣き出したとか、若いファランヘ党員の詩人たちの間では、塹壕のグアダルーペの聖母あるいは天使という愛情のこもったあだ名で知られていたとも言われる。

一九三九年、五篇の詩を収めた小冊子『美徳の勝利あるいは神の勝利』をサラマンカで発行し、洗練された半行の詩法を用いてフランコの勝利を祝す。一九四〇年、マドリードに居を定め、新たな詩集『スペインの贈り物』と戯曲『ブルゴスの静かな夜』を発表。すぐに上演されて成功を収め、その後映画化された戯曲のほうは、修道会に入る間際の見習い尼僧の幸福に満ちた心の動きを追うものである。一九四一年、ドイツ文化省と契約したスペインの芸術家たちの宣伝旅行でヨーロッパ各地を回り、好評を博す。訪れたのはローマ、ギリシア、ルーマニア（この国ではエントレスク将軍の屋敷をたびたび訪問し、彼の許婚者だったアルゼンチンの女流詩人ダニエラ・デ・モンテクリストと知り合うが、即座に反感を覚え、「ありとあらゆる証拠から、この女が売×であることは間違いない」と日記に記すことになる）およびハンガリーである。ライン川とドナウ川の船旅を経験して彼女は甦り、刺激の欠如と愛情の欠如あるいは過剰によって失われていた才能の輝きを完全に取り戻す。こうして復活を遂げたことで、彼女のなかに新たな活動への熱意が芽生える。ジャーナリズムである。新聞や雑誌に記事を書き、政治家や軍人の人物像を紹介し、自分が訪れた都市を絵画的で生き生きとした細部とともに描き出すかと思えば、パリのファッションからローマ教皇庁の問題や利害まで取り上げる。その記事はメキシコ、アルゼンチン、ボリビア、パラグアイの新聞や雑誌に掲載される。

一九四二年、メキシコは枢軸国に対して宣戦布告し、イルマ・カラスコにはこの決定が文字どおり馬鹿げているかせいぜいのところお笑い草に思えるが、何よりもまず彼女はメキシコ人なので、ふたたびスペインに渡り、事の成り行きを見守ることにする。

一九四六年四月、マドリードの王立劇場でイルマの戯曲『彼女の瞳のなかの月』の上演が初日を迎え、批評家と観客からまずまずの評価を得たその翌日、ラバピエス地区のアパートの質素だが快適な部屋のドアを誰かがノックし、バレーダが再登場する。

今はニューヨークで暮らしている建築家は、結婚生活をやり直そうとやってきたのだった。バレーダは跪いて許しを請い、イルマ・カラスコが彼の口から聞きたいと願うことをすべて約束し、誓う。

最初の愛の埋《うず》み火にまた火がつく。情にもろいイルマの心は残りの人生を賭ける。

二人はアメリカ大陸に戻る。バレーダは確かに変わった。船旅の間、しきりに妻を気遣い、愛情を示す。彼らをヨーロッパから運んだ船はニューヨークに着く。三番街にあったバレーダのアパートでは、イルマを迎えるための準備が整えてある。三か月にわたり、二人は新たな蜜月を過ごす。ニューヨークでイルマは大きな幸せを味わう。二人はできるだけ早く子供を持とうと決意するが、イルマは身籠らない。

一九四七年、夫妻はメキシコに帰国する。バレーダは旧友たちとの日々の付き合いを再開する。この交友関係あるいはメキシコの空気が、彼を和解する前の恐怖のバレーダへともう一度変貌させる。彼は理性を失い、またしても飲酒に耽り、コーラスガールたちを相手にし、もはや妻の言うことに耳を貸さず、話しかけもせず、じきに乱暴な言葉をぶつけるようになり、そしてある晩、友人たちの前でイルマがフランコ政権の公正さと成果を擁護したあとで、バレーダはふたたび妻を殴りつける。

家庭内暴力が再開した最初の兆しに続き、突如として今度はほぼ日常的な虐待が始まる。だがイルマは執筆を続け、書くことで救われる。彼女が殴打、罵倒、あらゆる種類の侮辱に耐えながらコヨアカンの家の一室に閉じこもって、書くことをやめずにいる一方、バレーダは酒浸りになり、メキシコ共産党の内部でいつ果てるともしれない議論に明け暮れる。一九四八年、イルマは戯曲『フアン・ディエゴ』を書き上げる。この奇妙かつ創意に富んだ作品では、二人の俳優がグアダルーペの聖母を見たインディオとその守護天使が煉獄を通り抜けていくところを演じる。その道行は果てしなく続くように見える。どうやら作者が伝えようとしているところによれば、煉獄は果てしないからである。初演の終了後、楽屋でサルバドール・ノボがイルマに祝辞を述べ、彼女の手に口づけをし、二人はお世辞を言い合う。バレーダは友人たちと話をし、あるいは話をするふりをしながら、妻から目を離さない。次第に苛立ちを募らせているようだ。彼の目に映るイルマの姿はどんどん巨大になっていく。バレーダは盛んに汗をかき、どもる。やがてついにどうにもならなくなり、強引に近づくと、ノボをののしり、イルマに何度も平手打ちを食わせたため、その場に居合わせた人々は啞然とするが、二人を引き離してやることができない。

三日後、バレーダは党の中央委員会のメンバーの半数とともに逮捕される。イルマはふたたび自由になる。

だが、彼女はバレーダを見捨てない。面会に行き、建築関係の本と推理小説を差し入れし、栄養状態に気を配り、弁護士と果てしない話し合いをし、夫の溜まった仕事を肩代わりする。レクンベリ刑務所で半年過ごす間に、バレーダは獄中の同志たちともめごとを起こし、彼らは、狭い空間のなかではこの手の性格の持ち主がどれほど耐え難い存在になるかを身をもって知ることになる。バレーダは主義を同じくする者たちから処刑されるのを危うく免れる。出所すると彼は党を離れ、政治活動を公的に放棄し、イルマとともにニューヨークに向かう。何もかもが、二人が今度こそ新たな生活を始めることは確実であると思わせる。メキシコから遠く離れて、イルマは自分たちの結婚生活が幸福と調和を取り戻すだろうと確信する。だがそうはならなかった。恨みを抱き、そのとばっちりを食うのはイルマである。かつてあれほどの幸せを味わったニューヨークでの生活は地獄に変わり、ついにある朝、すべてを捨てることを決意したイルマは始発のバスに乗り、三日後にメキシコに戻る。

一九五二年まで二人が再会することはない。その間、イルマはさらに二作のいずれも宗教的な戯曲『メキシコの皇后カルロータ』と『ペラルビーリョの奇跡』を舞台に載せている。また、ただ一人の兄の人生最期の日々を再現した処女小説『ヒメコンドルの丘』を発表し、その評価をめぐってメキシコの批評界では意見が分かれた。イルマが提起するのはただ、一八九九年のメキシコに戻ることが、災厄が目前に迫る国を救う唯一の方法だということであると言う批評家もいる。他方、これは黙示録的小説であり、いずれ国家に訪れる、誰も防ぐことも阻むこともできない災厄を予告しているとする批評家もいる。小説のタイトルとなっているヒメコンドルの丘は、彼女の兄、ホアキン・マリア司祭が銃殺される場所であり、作品の大半を占めるのは彼の省察と記憶なのだが、その丘は不毛で荒涼とした、新たな犯罪の舞台として完璧な、未来のメキシコの地理を象徴している。銃殺隊の隊長、アルバレス大尉は、災厄の舵取りとなる政権党ＰＲＩを表わしている。銃殺隊の兵士たちは、騙されて非キリスト教化されたメキシコ国民で、彼ら自身の葬儀に冷静に立ち会っている。メキシコシティのある新聞の記者は、軽薄な無神論者で金にしか興味がないメキシコの知識人を表わしている。農民に変装して遠くから銃殺を眺める老司祭は、疲弊し、人間の暴力を前に怯える母なる教会の姿勢を具体化している。村で銃殺の話を聞き、好奇心から単なる暇つぶしに丘に登るギリシア人の行商人、ヨルゴス・カラントニスは希望を体現している。彼はホアキン・マリア司祭が銃弾で蜂の巣にされる瞬間、泣きながら膝からくずおれる。そして最後は、丘の裏手で銃殺の現場に背を向けて石を投げ合って遊ぶ子供たちが、メキシコの未来、内戦と無知を象徴している。

「私が無条件に信じるただひとつの政体は神権政治です」とイルマは女性誌「家庭の仕事」のイン

タビューに答えている。「フランコ将軍のやり方も悪くはありませんが」

メキシコの文学界は、ほぼ例外なく彼女に背を向ける。

一九五三年、著名な建築家となったバレーダとふたたび和解したイルマは、彼とともに東洋への旅に出る。ハワイ、日本、フィリピン、インドから着想を得て、現代世界の傷口を探る辛辣なソネットからなる新たな詩集『アジアの聖母』を書く。今回イルマが提起するのは、十六世紀のスペインに回帰することである。

一九五五年、イルマは複数の骨折と打撲を負い、病院に運ばれる。

今や無政府主義者を自認するバレーダの名声は頂点に達する。国際的に知られる建築家となり、アトリエには世界各地から依頼された建築の設計図が積み上がっている。イルマはと言うと、戯曲を書くのをやめ、家事や夫に同伴しての社交生活に専念する一方、死後ようやく知られることになる詩作品を苦心して書く。一九六〇年、バレーダは初めて離婚を試みる。イルマは可能なかぎりの手段を尽くして離婚を拒否する。一年後、バレーダはこの件を弁護士の手に委ね、とうとう妻を棄てる。弁護士たちはイルマに圧力をかけ、財産を取り上げると言ったり、スキャンダルをでっち上げたりして脅し、彼女の良識や寛大な心（バレーダがロサンジェルスで同棲していた女性は出産間際だった）に訴えてみるが、どれも不首尾に終わる。

一九六三年、バレーダは最後にイルマを訪ねる。彼女は病に冒されていて、建築家が哀れみか好奇心、あるいはそれに似た何かを感じたであろうと考えることは、まったく不可能というわけではない。

イルマはよそいきの服を着て、彼を居間に迎える。バレーダは二歳の息子を連れてやってくる。外では、妊娠六か月の彼の女、イルマより二十歳年下のアメリカ人が車のなかで待っている。それが最後となる再会は緊迫感が漂い、ときに劇的な様相を呈する。バレーダは彼女の体調を気遣い、さらには詩のことまで尋ねる。まだ書いているのかね、と彼は訊く。イルマは重々しくうなずく。バレーダの息子がいるために、イルマは初めのうち落ち着かず、口数も少ない。その後なんとか落ち着きを取り戻し、よそよそしい口調で話し始めるが、それが次第に皮肉っぽさを増し、攻撃的に感じられるようになってくる。バレーダが弁護士の件を持ち出し、離婚の必要性に触れると、イルマは彼（と息子）の目を見据え、またもや拒絶する。バレーダはそこまで食い下がることはしない。友人として来たんだ、と彼は言う。友人ですって？　イルマは堂々としている。あなたは私の友人じゃなく夫よ、と彼女は宣言する。バレーダは微笑む。歳月を経て、彼の性格は角が取れて丸くなったか、あるいはそう装っているのか、あるいはイルマの存在がどうでもよくなったので腹を立てることさえできないのかもしれない。息子はじっとしている。イルマは気の毒になり、中庭に遊びに行ったらどうかと控えめに勧める。二人だけになるとバレーダは、子供たちはきちんとした夫婦の間で育つ必要があると言う。あんたに何がわかるの、とイルマは言い返す。確かにそうだ、とバレーダは認める。俺に何がわかる。二人は酒を飲む。バレーダは〈サウサ〉のテキーラ、イルマはエッグノッグを飲む。子供は中庭で遊ぶ。こちらも子供みたいなイルマの女中が子供の相手をする。居間の暗がりのなかでバレーダはテキーラを飲み、家の管理の状況についてありきたりな意見を述べるが、やがていとまを告げる。するとイルマは先に立ち上がり、悪魔に取り憑かれたように素早く、グラスをふたたび満たす。

乾杯しましょう、と彼女は言う。われわれのために、幸運を願って、とバレーダが言う。二人は互いの目を見つめ合う。バレーダは居心地が悪くなってくる。イルマは口を歪め、軽蔑しているとも苛立っているとも取れるしかめ面をすると、エッグノッグのグラスを床に叩きつける。グラスは粉々に砕け、白いタイルの床に黄色い液体がこぼれる。一瞬、イルマがグラスを自分の顔めがけて投げつけるだろうと思ったバレーダは、驚きと警戒の目で彼女を見る。私を殴ったらどう、とイルマは言う。さあ、殴りなさいよ、殴りなさいよ、そして元夫のほうに身を乗り出す。彼女の叫び声はますます大きくなる。それでも中庭では、子供と女中が相変わらず遊んでいる。バレーダは二人を横目でそっと見る。彼らはまるで別の時間、いや別の次元に入り込んでしまったように見える。それからイルマを見ると、一瞬、恐怖というものを漠然と感じる（がすぐに忘れてしまう）。別れを告げ、息子を腕に抱きかかえて玄関から通りに出る段になっても、バレーダにはまだ、イルマの押し殺した叫び声が聞こえる気がする。ひとり居間に立ち尽くす彼女は、妻としてしでかした自分の最後の行為以外何も考えられず、自分の声以外何も聞こえない。その声が優しく繰り返す誘いかけ、あるいは悪魔祓い、あるいは一篇の詩は、詩の皮を剝がれた部分、タブラーダのどんな俳句よりも短い、言わば彼女の唯一の実験詩である。

そのあとはもはや詩もエッグノッグのグラスもなく、宗教的で不気味な静けさだけが死ぬまで続く。

ダニエラ・デ・モンテクリスト

一九一八年ブエノスアイレス生まれ―一九七〇年スペイン、コルドバ没

伝説的な美女、常に神秘のオーラに包まれていた彼女のヨーロッパでの最初の数年（一九三八年―四七年）については、相反しないとしてもしばしば矛盾し合ういくつもの物語が流布している。イタリアおよびドイツの将軍たち（後者にはイタリアにおけるSSの悲しくも著名な隊長であるヴォルフの名がある）の愛人だったとか、一九四四年に部下の兵士たちの手で磔にされたルーマニア軍の将軍オイジェン・エントレスクに恋をしたとか、スペイン人修道女に変装してブダペスト包囲から脱出した、三人の戦争犯罪者とともにオーストリアとスイスの国境を秘密裏に越える際に詩が詰まったスーツケースを失くした、一九四〇年と四一年にローマ教皇に謁見した、彼女の愛を得られなかったウルグアイの詩人とコロンビアの詩人が自殺した、左の臀部に黒い鉤十字の入れ墨があったなどとも言われている。

彼女の文学作品は、スイスの凍てついた山の頂で失われたのち行方が知れない若書きの詩を除き、

『アマゾネス』というきわめて叙事詩的なタイトルの一巻本にまとめられている。プルマ・アルヘンティーナ社から刊行されたこの本にはメンディルセ未亡人が序文を寄せ、惜しみない賛辞を贈っている（ある段落では、女の勘だけを頼りに、アルプスで失われたことで有名な詩の数々をファナ・デ・イバルブルーやアルフォンシーナ・ストルニの作品になぞらえている）。

この本は奔流のごとく、無秩序に、文学のあらゆるジャンル――恋愛小説、スパイ小説、回想録、前衛劇を含む戯曲、詩、歴史、政治的パンフレット――に取り組んでいる。その筋書きは作者の人生ならびに祖父母と曾祖父母の人生をめぐって展開し、ときにアスンシオンとブエノスアイレスが建設された直後の日々にまで遡る。

独創的な個所もいくつか見られ、とりわけブエノスアイレスに本部を置き、パタゴニアに訓練場を持つという第四女性帝国の描写や、疑似科学的知識に依拠した恋愛感情を生む腺についての郷愁のこもった脱線などが挙げられる。

世界の果ての二人のドイツ人

フランツ・ツビカウ

一九四六年カラカス生まれ―一九七一年カラカス没

フランツ・ツビカウは、人生と文学をつむじ風のごとく駆け抜けた。ドイツ系移民の子として生まれた彼は、両親の言語も生地の言語も完璧に習得した。当時の新聞によれば、才能に溢れ、因習打破的で、成長することを拒否した少年（セグンド・ホセ・エレディアはあるとき彼を「ベネズエラ最高の学生詩人」と評した）であったという。写真には背の高い金髪の若者が写っていて、体つきはアスリート、眼差しは殺人犯か夢想家、あるいはその両方を思わせる。

彼は詩集を二冊出した。処女詩集『バイク乗り』（一九六五年）は二十五篇の異端的な音楽性とスタイルを持つ連作ソネットで、バイク、絶望的な愛、性の目覚め、純粋性を希求する意思といった若者特有のテーマを扱っている。第二詩集『戦争犯罪人の息子』（一九六七年）は、ツビカウの詩作およびある意味で当時のベネズエラ詩における本質的変化を示している。この呪われた詩集は、身の毛のよだつ、出来の悪いもので（ツビカウには詩的正確さに関する一風変わった持論があったが、ソネットから詩作を始めた詩人としてはかなり珍しいことである)、罵詈雑言、呪詛、冒瀆、完全に偽りの自伝的細部、中傷的な責任転嫁、悪夢に満ちている。

彼の詩にはいくつか忘れがたいものがある。

――「地獄のヘルマン・ゲーリングとの対話」では、初期のソネットに詠われる黒いバイクに乗った詩人が、ベネズエラの海岸沿いにある打ち捨てられた飛行場に辿り着く。そこはマラカイボに近い地獄《インフィエルノ》と呼ばれる場所で、詩人は帝国元帥の影と出会い、飛行、目眩、運命、廃屋、勇気、正義、死などさまざまなテーマについて語り合う。

――「強制収容所」では、それに対し、カラカスの中流階級の住む地区で過ごした五歳から十歳までの幼年時代について、ときに優しさのこもったユーモアを交えて語っている。

――「故郷《ハイマート》」(三五〇行)は、スペイン語とドイツ語の混交した――ところどころロシア語、英語、フランス語、イディッシュが混じる――風変わりな文体によって、大量殺人が起きたあとの夜の遺体安置所で働く法医学者のように淡々と、自身の性器を描写する。

――「戦争犯罪人の息子」は表題作となっている長大な詩で、心を揺さぶる並外れたテクストである。そのなかでツビカウは四半世紀早く生まれなかったことを嘆きながら、自らの言葉の力、憎み、ユーモアおよび人生における希望のなさをぶちまけている。作者はそこで、ベネズエラではそれまで滅多に見られなかった自由詩を用いて、筆舌に尽くしがたい凄まじい幼年期を描写し、一八五八年のアラバマの黒人の少年に自らをなぞらえ、踊り、歌い、マスターベーションをし、バーベルを挙げ、素晴らしいベルリンを夢見、ゲーテやユンガーを暗誦し、自らが知悉するモンテーニュとパスカルを攻撃し、アルピニストの声や農婦の声、一九四四年十二月にアルデンヌで死んだドイツ軍戦車兵の声、ニュルンベルクの米国人記者の声で語る。

言うまでもないが、この詩集は、当時の有力な批評家たちから悪意をもって隠蔽されたとまでは言わなくとも、黙殺された。

短期間ではあるが、ツビカウはセグンド・ホセ・エレディアの文芸サークルに足繁く通う。アーリア人自然主義者コミューンに積極的に参加した経験から、唯一の散文作品である中篇『独房キャンプ』が生まれることになるが、作者はそのコミューンの創設者（登場人物である「平原《リャヌラ》のローゼンベルク」ことカマーチョには、彼の姿を容易に認めることができる）およびその弟子たちである「純粋な混血《メスティソ》」を繰り返しからかっている。

彼と文学界の関係が良好だったためしはなかった。彼の名を拾っているベネズエラ詩のアンソロジーは、一九六六年にアルフレド・クエルボが出した『新しい詩の声』およびファニー・アレスパコチェアによる物議を醸した『新しいベネズエラ詩　一九六〇―一九七〇』の二冊のみである。

まだ二十五歳にもならないときに、ツビカウはロス・テケスからカラカスに向かう途中、バイクで転落事故を起こした。没後ようやく、ドイツ語で書かれた詩集『マイネ・クライネ・ゲディヒテ』が日の目を見た。これは一五〇篇の牧歌的な雰囲気の短いテクストを集めたものである。

ウィリー・シュルホルツ

一九五六年チリ、コロニア・レナセル生まれ―二〇二九年ウガンダ、カンパラ没

コロニア・レナセル、すなわち〈再生コロニー〉はテムコから四十キロのところにある。一見すると、それはこの地域に数多く見られる大農園のひとつにすぎない。しかしながら、注意深く観察すると本質的な違いがいくつか見てとれる。まず、コロニア・レナセルには、学校、診療所、自動車修理工場があり、チリ人がおそらく過度の楽観主義によって「チリの現実」あるいは単に「現実」と呼ぶものに背を向けて生きることを可能にする自給自足経済システムが機能している。コロニア・レナセルは収益性のある事業である。その存在は不安を与える。そこでの祭りは、貧しかろうが裕福であろうが村人を招いたりせず、内輪で密かに行なわれる。死者はコロニアの墓地に埋葬される。最後に、もうひとつ違いを生んでいる要素、おそらく最もささいなことではあるが、コロニアの内部を垣間見た者やわずかな訪問者の注意を真っ先に引いたのは、住人たちの出身地である。すなわち全員が、例外なくドイツ人なのだ。

人々は日の出から日没まで共同作業に従事した。農民は雇わず、土地を区分けして貸すこともしなかった。表向きは、不寛容や兵役を逃れてアメリカ大陸に移住した多くのドイツ系プロテスタント分派のひとつとして通ったかもしれない。だが、彼らは宗教的分派ではなく、チリにやってきたのは、ちょうど第二次世界大戦が終結したときである。

彼らの活動、あるいは活動を覆い隠す謎は、ときおり全国紙のニュースとなった。異教徒の乱交パーティー、性奴隷、秘密の処刑が話題にのぼった。目撃者たちは、鵜呑みにはできないものの、一番広い中庭に、チリ国旗ではなく赤地に白い円と黒いハーケンクロイツが描かれた旗が掲げられていたと証言している。また、そこにはアイヒマン、ボルマン、メンゲレが隠れていたとも噂された。実際には、コロニアで何年か(園芸に打ち込んで)過ごした唯一の戦犯はヴァルター・ラウスのみで、この人物はのちに、ピノチェト政権の初期に行なわれたいくつかの拷問への関与が疑われた。実際、彼は一九七四年に西ドイツで開催されたサッカーのワールドカップで東西ドイツが戦った試合をテレビで観ている最中に、心臓発作に襲われて亡くなった。

コロニア内部では同族結婚が行なわれ、それが原因で奇形児や知的障害児が生まれているとも噂された。地元の人々は夜間にトラクターを運転するアルビノの一家の話をし、おそらく加工を施したと思われる、チリ人読者を驚愕させた当時の雑誌の写真のいくつかには、休みなく野良仕事に精を出す、どちらかと言えば青白く真面目な顔の人々が写っている。

一九七三年のクーデター以後、コロニアの話題はニュースとならなくなった。

五人兄弟の末っ子として生まれたウィリー・シュルホルツは、十歳になるまでスペイン語を正しく話せなかった。それまで、彼の世界と言えば、コロニアの有刺鉄線で囲まれた広大な世界のことだった。一家の厳格な規律、農作業および風変わりな教師たちに支配された彼の幼年時代においては、国家社会主義的至福千年説と科学信仰とが等しく結びついて、それが彼の内気だが頑固な性格と奇妙な自信を鍛え上げた。

人生の偶然により、兄たちは農学を学ばせるために弟をサンティアゴに行かせたが、首都に出た彼は、たちまち詩人という真の天職を見出した。彼には派手に失敗するためのあらゆるカードがそろっていた。初期の作品からすでにひとつのスタイル、美学的方向性が認められ、それは彼が死ぬ日までほとんど変わることがなかった。シュルホルツは実験的な詩人である。

初期の詩は、ばらばらな文章とコロニア・レナセルの地図を組み合わせたものである。タイトルはない。解読不可能である。読者の理解どころか関与すら求めてはいない。批評家のなかには、そこに失われた幼年期の宝の地図との類似を見出そうとする者もいた。また、それらの作品を秘密裡に行なう葬儀の案内状ではないかと悪意をこめて述べる者もいた。シュルホルツの友人の前衛詩人および概して軍事政権に反対する人々は、親しみをこめて彼を〈港湾海図帳《ポルトゥラーノ》〉というあだ名で呼ぶが、あるときついに、シュルホルツが彼らとは正反対の思想を信奉していることに気づく。彼らはその事実になかなか気づかない。というのも、シュルホルツは多弁とは程遠い人物だからだ。

彼はサンティアゴで孤独な極貧生活を送る。友人もなく、恋人の存在も知られておらず、人付き合いを避け、翻訳で得るわずかな収入は月々の下宿代とわずかな食費に消える。全粒粉のパンを主食とする。

カトリック大学文学部の教室に展示された詩の第二集は、解読に時間のかかる一連の巨大な地図であり、それぞれに若者らしい筆跡で書き込まれた詩句のなかで、その配置の仕方と使用法がさらに指示されている。訳のわからない代物である。そのテーマに関心のあるイタリア文学の某教授によれば、地図はテレジーン、マウトハウゼン、アウシュヴィッツ、ベルゲン゠ベルゼン、ブーヘンヴァルトおよびダッハウ強制収容所のものであるという。この詩の催しは四日間(予定では一週間)続くが、多くの人々には気づかれずじまいに終わる。それを実際に見て理解できた人々の間でも、意見は割れている。軍事政権に対する批判だと言う者もいれば、シュルホルツのかつての友人である前衛芸術家たちに影響され、チリではすでに姿を消した収容所をふたたび設立しようとする重大かつ犯罪的な提案だと考える者もいる。スキャンダルはほとんど人目につかないごく小さなものであったが、呪われた詩人の黒いオーラを帯びさせるには十分で、それは生涯彼につきまとうことになる。

「思想と歴史」誌に、彼のそれほどきわどくないテクストと地図が二点掲載される。いくつかの文芸サークルでは、彼は行方不明の謎めいた詩人ラミレス゠ホフマンの唯一の弟子と見なされているが、コロニア・レナセル出身の青年には師の過剰さが欠けている。彼の技法は体系的で、単一のテーマを扱う具象的なものである。

一九八〇年、「思想と歴史」誌の支援を受けて、彼は初めての本を出す。同誌の編集長フューラーは序文を書こうとするが、シュルホルツは拒否する。詩集は『幾何学』と題され、明白な繋がりを欠く詩句によってかろうじて縫い合わされた、有刺鉄線で囲まれた真空の空間に広がる農園が無数のバリエーションで提示される。空から見た鉄条網は正確にすらりと伸びている。詩句は抽象的苦痛、太陽、頭痛について語って――つぶやいて――いる。

続く本は『幾何学Ⅱ』、『幾何学Ⅲ』等々と題されている。それらの作品でも彼は同じテーマ、すなわちコロニア・レナセルの地図または特定の都市（シュトゥットホーフとバルパライソ、マイダネクとコンセプシオン）の上に重ねられた、あるいは地方の牧歌的で何もない空間に据えられた強制収容所の地図を執拗に扱っている。純粋なテクストの部分は、年月とともに一貫性と明快さを増していく。ばらばらだったセンテンスは、時間や風景についての会話の断片、年月の経過、そのゆっくりした流れを除けば何が起こるでもない戯曲の断片へと変わる。

一九八五年、それまでチリの広範な美術・文芸サークルには届いていなかったシュルホルツの評判は、チリおよびアメリカの企業家グループによる支援のおかげで一気に人気の頂点に達する。ある採掘業者チームの協力を得て、彼はアタカマ砂漠に理想の強制収容所の見取り図を描く。それは複雑に入り組んだ網目模様をなしていて、地上から見ると嫌悪を催す直線の連続のようだが、ヘリコプターか飛行機から見下ろすと、繊細な曲線の波へと変わる。文学的な部分は、詩人が自ら大小の鍬で掘った五つの母音にあり、それらは固い地表に恣意的に散りばめられている。件のパフォーマンスはたちまちチリの夏の文化的呼び物となった。

この試みはいくつかの重要なアレンジを加え、アリゾナの砂漠とコロラドの小麦畑で繰り返される。熱狂した発起人たちは、空中に強制収容所を描くための小型飛行機を提供しようと申し出るが、シュルホルツは断る。自分の理想の収容所は上空から眺めなければならない、が、地上にしか描けない。こうしてラミレス＝ホフマンと競い合い、彼を超えるチャンスはふたたび失われた。

シュルホルツに競争心がなく、野心もないことは、すぐに人々の知るところとなる。ニューヨークのあるテレビ局のインタビューで、彼は白痴同然に振る舞う。たどたどしい喋り方で、造形美術については何もわからない、いつの日か文章が書けるようになると信じていると発言する。彼の謙虚さは、最初のうちは魅力的に映るが、たちまち不快なものに変わる。

一九九〇年、彼のファンが驚いたことに、ガスパー・ハウザーという無用な筆名で童話集を出す。何日と経たないうちに、批評家たちはみなガスパー・ハウザーがウィリー・シュルホルツであることを知り、その童話集は、冷ややかな、あるいは重箱の隅をつつくような容赦ない吟味の対象となる。ハウザー／シュルホルツは物語のなかで、失語症で健忘症で従順でおとなしい子供をうさん臭くも理想化する。彼のねらいは、子供が不可視の存在になることのようだ。厳しい批評にもかかわらず、その本はベストセラーとなる。シュルホルツの主人公、名無しの子は、チリの児童文学の新たな「いたずらパペルーチョ」となる。

その後まもなく、左翼のいくつかの党派が抗議するなか、シュルホルツにアンゴラ駐在チリ大使館の文化担当官の職が与えられ、彼はそれを受け入れる。アフリカの地で、シュルホルツは探し求めていたもの、自分の魂にぴったりの器を見つける。彼は二度とチリに戻ることはない。残りの人生を、カメラマンおよびドイツ人観光客のガイドとして過ごすことになる。

幻視、ＳＦ

J・M・S・ヒル

一九〇五年トピーカ生まれ―一九三六年ニューヨーク没

クアントリルなる男が五百騎を従え、カンザス州を横断する。反逆者である彼らは決して降伏せず、原始的だが先駆的とも言える一種の鉤十字章のついた旗を掲げ、カンザス、ネブラスカ、サウスダコタ、ノースダコタ、サスカチュワン、アルバータおよびノースウエスト準州を横切って、グレート・ベア湖に到達しようとする。隊長は南部連合の哲学者で、その夢は、北極圏付近に理想共和国を作ることである。遠征隊の一行は、前進する途中で人や自然に苦しめられたあげく、疲労困憊した十二騎がグレート・ベア湖にたどり着き、馬から降りる……。以上は、一九二四年に幻想小説叢書の一巻として刊行されたJ・M・S・ヒルの処女小説のあらすじである。

以後、十二年後に夭逝するまで、ヒルは三十作を超す長篇と、五十作以上の短篇を発表することになる。

彼の小説の登場人物はたいてい南北戦争から抜け出てきたような存在で、ときには実在の人物の名前がついていることさえある（ユーウェル将軍、『アーリー物語』の行方不明になった探険家アーリー、『蛇の世界』の青年ジェブ・スチュアート、記者のリー）。物語はいずれも、見かけどおりのものは何もないいびつな現在の世界か、荒れ果てて廃墟となった都市、多くの点でアメリカ中西部と似ている、静まり返った不安をかき立てる風景の遠い未来において繰り広げられる。ストーリーによく登場するのは、運命を定められた英雄たちやマッドサイエンティスト、今は潜んでいるがその時が来れば姿を現わし、隠れ潜む別の部族と戦わなければならない一族あるいは部族、大草原の打ち捨てられた農場に集まる黒衣の男たちの秘密の組織、他の惑星で行方知れずになった人々を探さねばならない私立探偵、劣った種族にさらわれて育てられ、大人になったあかつきには部族を支配し生贄へと導くことになる子供たち、食欲を満たされることのない秘密の動物、突然変異した植物、突如見えるようになる見えない惑星、生贄に供される少年たち、たったひとりの人間しか住んでいない氷の都市、天使の訪問を受けるカウボーイ、すべてを破壊しながら進む大移動、戦う修道士が群がる地下の迷路、アメリカ大統領暗殺の陰謀、燃え上がる地球を離れ木星に移住する宇宙船団、テレパシー能力を備えた暗殺者組織、暗く寒い広々とした中庭で育つ子供たちである。

彼の文学に気取りはない。登場人物の話し方は、一九一八年のトピーカではきっとそんなふうに話されていたのに違いない。たまに言葉遣いが厳密さを欠くことはあるものの、限りない情熱がそれを埋め合わせている。

Ｊ・Ｍ・Ｓ・ヒルは、米国聖公会の牧師と、結婚前は生まれた町の映画館で切符売りをしていた愛情深く夢見がちな母との間に生まれた四人の子供の末っ子だった。ほぼ生涯を通じてひとり暮らしだった。一度だけ恋愛を経験したとされているが、不幸な結果に終わった。私生活について残したわずかな発言によれば、彼は何よりもまずプロの作家だった。私的な場では、ドイツのナチが用いる道具や軍服の一部をデザインしたと自慢したが、それがどの程度本当だったかは疑問である。

彼の小説には英雄や巨人が数多く登場する。彼の描く風景は荒涼として果てしなく、寒々としている。カウボーイ小説と探偵小説のジャンルを開拓したが、彼の最良の作品はＳＦに属する。しかし、それら三つのジャンルが混交した小説も少なくない。二十五歳のときからニューヨークの小さなアパートで暮らし、六年後にこの世を去る。遺品のなかに、擬史的テーマを扱った未完の小説『トロイの陥落』が見つかったが、出版されるのは一九五四年のことである。

ザック・ソーデンスターン

一九六二年ロサンジェルス生まれ―二〇二一年ロサンジェルス没

大成功を収めたSF作家ザック・ソーデンスターンは、〈ガンター・オコーネルのサガ〉、〈第四帝国のサガ〉、そして〈ガンター・オコーネルと第四帝国のサガ〉の創造者で、三つ目のサガでは先の二つのサガが入り混じり、西海岸のギャングでのちに政界のリーダーとなるガンター・オコーネルがアメリカ中西部にある第四帝国の地下世界に首尾よく潜入する。

最初の二つのサガは十作を超す長篇小説からなり、三つ目にして最後のサガは三作からなるが、そのうち一作は未完に終わっている。それらの物語のいくつかはまさに見事な出来栄えである。『ナパの小さな家』(〈ガンター・オコーネルのサガ〉の第一作、一九八七年刊行)は途方もない世界、すなわち子供や若者の過剰な暴力の世界を道徳的に戒めることも問題の解決策を与えることもなく、あっけらかんと描く。この小説は「完」という言葉で断ち切られることのない、不快で攻撃的な場面の連続である。一見SF小説には見えない。ただ少年時代のガンター・オコーネルの夢あるいは幻視だけが、ある種の予言的で幻想的な色合いを添えている。作中、宇宙飛行もなければロボットも出てこないし、科学の進歩もない。逆に、彼が描く社会は文明の諸段階を退行してしまったようだ。

『キャンディシ』（一九九〇年）は〈ガンター・オコーネルのサガ〉の第二作である。少年は二十五歳の大人になり、自分と他の人々の人生を変えようと心に決めている。この小説は、建設労働者となったガンター・オコーネルの身に突然起きる出来事、彼より少し年上で、汚職警官の妻であるキャンディシという名の女性への愛について語る。冒頭にオコーネルの犬が登場するが、野良犬だったこの犬はミュータントのシェパードで、テレパシー能力があり、ナチ的性向を備えている。最後の五〇ページで読者は、カリフォルニアで大地震が起きたこと、そしてアメリカでクーデターが生じたことを知る。

『革命』と『ガラスの大聖堂』は、サガ第三作および第四作のタイトルである。『革命』では主にオコーネルと飼い犬のフリップの対話と、廃墟となったロサンジェルスでの周縁的かつあまりに暴力的な冒険が描かれる。『ガラスの大聖堂』は神、原理主義者の説教師、人生の究極の意味をめぐる物語である。ソーデンスターンはオコーネルを、朗らかだが自分の殻に閉じこもり、最愛の人（シリーズ二作目の小説で夫に殺されたキャンディシ）の頭蓋骨を小さな袋に入れて常に腰にくくりつけ、（やけに正確に覚えている）さまざまな古いテレビ番組を懐かしみ、飼い犬以外の友人を持たない男として描き出す。一方、この犬は次第に主役の座を獲得していく。すなわち、フリップの冒険とフリップの考えることは、小説内小説となっていくのだ。

『頭足類』と『南部の戦士たち』は、〈オコーネルのサガ〉を締めくくる作品である。前者ではオコーネルとフリップのサンフランシスコへの旅と、その地（ホモセクシュアルとレズビアンに完全に支配されている）での冒険がつづられる。後者では、カリフォルニア地震の生存者と、南からやってきて、すべてを食い尽くしながら北進する何百万人もの飢えたメキシコ人との衝突が語られる。この小説はときに、帝国の辺境におけるローマ人と蛮族の衝突を思い出させる。

〈第四帝国のサガ〉は『地図の検査』とともに始まる。補遺や地図、理解不能な人名索引がふんだんに盛り込まれたこの小説は、双方向的テクストとして意図されているが、賢明な読者ならこの種の読み方を採用することはまずない。ストーリーは主にデンバーおよび中西部のその他の都市で展開する。主役となる登場人物は存在しない。カオスのように見えないときは、細い糸でおおまかに縫い合わされた短篇集を思わせる。『われらの友B』と『プエブロの廃墟』も同じ傾向の作品である。登場人物はアルファベットの文字か数字で呼ばれ、テクストはごちゃ混ぜのパズルではなく、ごちゃ混ぜのパズルの断片のように見える。『デンバーの第四帝国』は、小説として紹介され売られているが、実際には先行する三作を読むための手引書である。『シンバ』は〈第四帝国のサガ〉と〈ガンター・オコーネルのサガ〉が融合する前の最後の作品で、黒人、ユダヤ人、ヒスパニックを敵視する秘密のマニフェストであり、多様で矛盾する解釈を招いた。

カルト作家と見なされ、いくつも小説が映画化されているソーデンスターンは、最後の三作で、ガンター・オコーネルのアメリカ大陸の領土の中心に向かうイニシエーション的な旅と、その後の第四帝国の謎めいた指導者たちとの出会いについて物語る。『コウモリ・ギャング』ではオコーネルとフリップのロッキー山脈越えが語られる。『アニータ』は、すでに老いを迎えたオコーネルが、かつての恋人キャンディシに生き写しの若い娘との関わりのなかで愛を再発見する物語で、実際、ロサンジェルス大学の若い女子大生に若者のように恋していた当時のソーデンスターンの恋愛状況を反映している。『A』は、オコーネルがついに第四帝国の内部に侵入したことと、のちにその指導者に選ばれた過程が語られる。

ソーデンスターンの計画では、〈オコーネルと第四帝国のサガ〉は五つの小説から構成される予定だった。最後の二作については、草案、判読不能なリストが書かれた紙が発見されたのみである。『到着』と題されるはずだった四作目は、オコーネル、アニータ、フリップおよび第四帝国のメンバーたちが、新たな救世主の誕生を待つ長い夜が語られる予定だった。最後の作品はタイトルがないが、おそらく救世主の出現が世界にもたらす結果をめぐって展開するはずだったと思われる。コンピュータに残されたメモのひとつで、ソーデンスターンは新たな救世主がフリップの息子かもしれないことを暗示しているが、総合的に考えれば、それはさして意味のない覚書だと思われる。

グスタボ・ボルダ

一九五四年グアテマラ生まれ—二〇一六年ロサンジェルス没

グアテマラのSF作家のなかで最大の存在でありながら最も不幸な存在でもあるボルダは、幼少期を農村で送った。ロス・ラウレレス農園の監督の息子で、父の雇い主である農園主夫妻の書斎が、彼に最初の読書体験と最初の屈辱をもたらした。読書も屈辱も、彼の生涯を通じて不足することはなかった。

彼は金髪の女性を好み、飽くことを知らないその伝説的欲望は、無数のジョークや揶揄を生んだ。惚れっぽく、恋に恋する傾向があったため、その人生はまさに屈辱の連続だったが、彼は手負いの獣の我慢強さでそれに耐えることができた。カリフォルニアには逸話が山ほど残っている（そのことは、短期間ではあったものの国民的作家と見なされるに至ったグアテマラでは逸話が乏しいのと好対照をなしている）。たとえば、彼はハリウッドのサディストすべてにとって格好の標的だったとか、少なくとも五人の女優、四人の秘書、七人のウェイトレスに恋したが、すべての女性に肘鉄を食わされ自尊心をしたたか傷つけられたとか、恋した女性の兄弟、友人あるいは恋人に手荒く殴られたことが一度ならずあるとか、友人たちは彼に酔いつぶれるまで飲ませたあと、そこらに放っておいて面白がったとか、エージェント、家主、隣人（メキシコの脚本家でSF作家のアルフレード・デ・マリア）に金を巻き上げられたとか、アメリカのSF作家会議や大会に出席すると、からかいや軽蔑（ボルダは同業者の大多数とは対照的に、最も基本的な科学の知識も持ち合わせず、天文学、天体物理学、量子物理学、情報科学の分野に関する彼の無知ぶりはよく知られていた）、嘲笑の的となったとか、つまりは彼の存在そのものが、人生の途中でなんらかの理由ですれ違った人々の最も奥深い部分に潜む最も低いレベルの本能を直ちに呼び覚ますのが常だったといった具合である。

とはいえ、何をされても彼が意気消沈しなかったという証拠はない。『日記』のなかで、彼はすべての罪をユダヤ人と高利貸しに負わせている。

グスタボ・ボルダは身長一メートル五十五センチ足らずで、浅黒い肌に黒い直毛の髪、歯は大きく真っ白だった。それとは対照的に、作品の登場人物は背が高く金髪碧眼である。彼の小説に出てくる宇宙船はドイツ語の名前がついている。乗組員たちもドイツ人である。宇宙の植民地にはニューベルリン、ニューハンブルク、ニューフランクフルト、ニューケーニヒスベルクといった名がついている。また宇宙警察官は、SSが二十二世紀まで生き延びていたらこうだろうと思うような服装と振舞いをしている。

それを除けば、プロットは常に型どおりだった。イニシエーションとなる旅に出る若者たち、果てしない宇宙で迷子となり、叡智の持ち主である老飛行士と出会う子供たち、悪魔と契約を結ぶファウスト的物語、永遠の若さの源が見つかる惑星、密かに生き永らえている失われた文明……。

ボルダはグアテマラシティとメキシコに暮らし、あらゆる種類の仕事に就いた。初期の作品はまったく注目を浴びなかった。

四作目の小説『シウダーフエルサの未解決事件』の英訳が出たのち、彼は職業作家となってロサンジェルスに移住し、以後その地を離れることはなかった。

あるとき、あなたの物語にはなぜ中米の作家にしてはきわめて奇妙なゲルマン的要素が見られるのかと問われ、彼はこう答えた。「私はさんざん罵られ、さんざん唾を吐きかけられ、さんざん騙されてきたので、生き続け、書き続けるための唯一の方法は、理想の場所に精神的に移り住むことだった……ある意味で私は、男の体のなかにいる女みたいなものだ……」。

魔術師、傭兵、哀れな者たち

セグンド・ホセ・エレディア

一九二七年カラカス生まれ―二〇〇四年カラカス没

直情径行で短気な性格の持ち主だったエレディアは、若いころ、多種多様なテーマについて果てしなく議論するのを好んだことから、ソクラテスというあだ名で呼ばれた。彼自身は自らをリチャード・バートンやT・E・ロレンスと比較するのを好んだ。それらの作家同様、彼も冒険小説を三つ書いた。『P軍曹』（一九五五年）は、ベネズエラの密林に迷い込んだ元武装親衛隊の戦闘員が、政府やインディオ、その地に暮らす冒険家たちと常に対立関係にある尼僧たちの伝道村支援に身を投じるという話である。『夜間信号』（一九五六年）はベネズエラ航空史の幕開けについての小説で、その執筆のために彼は、小型飛行機の操縦だけでなく、パラシュートによる降下方法も学んだ。『薔薇の告白』（一九五八年）では、冒険は祖国の広大な空間ではなく、もっぱら精神療養所の内部、さらには患者の頭のなかで展開し、内的独白や多様な視点、当時広くもてはやされた医療ミステリーの用語がふんだんに用いられている。

その後の数年間は、何度も世界を巡り、映画を二本監督したほか、カラカスの文学好きな若者グループに取り巻かれ、彼らと「第二ラウンド」を創刊した。これは隔月刊の雑誌で、芸術はもとよりある種のスポーツ（登山、ボクシング、ラグビー、サッカー、競馬、野球、陸上競技、水泳、狩猟、釣り）までもが、セグンド・ホセ・エレディアが結集した最高の執筆陣により、常に文学と冒険の観点から取り上げられた。

一九七〇年、四作目にして最後の小説『無礼講』を刊行する。彼自身が最高傑作と見なすこの作品は、二人の若い友人同士が、一週間のフランス旅行の間に、それまで体験したことのない恐ろしい行為の数々を目撃するが、それが夢か現実かよくわからないという話だ。作中には、レイプ、性行為あるいは労働におけるサディズム、近親相姦、串刺し、限界まで詰め込まれた監獄での人身供儀、コナン・ドイル風の複雑怪奇な殺人、パリの各地区のリアルで精彩に富む描写などに事欠かないばかりか、二人の若者の敵役であるエリセンダは、二十世紀後半のベネズエラの小説で最も完成度が高く、読者を戦慄させた登場人物のひとりである。

『無礼講』は、ベネズエラではある時期発禁処分となり、南米のいくつかの出版社から再版されたのち、人々から忘れられ、著者もその忘却から救い出そうとはしなかった。

一九六〇年代には、グアリコ州カラボソ近郊に〈アーリア人自然主義者《ナチュリスト》コミューン〉（誹謗者によれば「裸体主義者《ヌーディスト》コミューン」）を創設したが、短命に終わった。

人生最後の数年、彼の日々の生活に重要なことはほとんど何も、文学作品には何も起こらなかった。

アマード・コウト

一九四八年ブラジル、ジュイス・デ・フォーラ生まれ――一九八九年パリ没

コウトは短篇集をひとつ書いたが、それを引き受ける出版社はひとつもなかった。その本は行方不明になった。その後、彼は「死の部隊」で働き始め、誘拐を行ない、拷問を手伝い、何人かが殺されるところを目の当たりにしたが、考え続けていたのは文学のこと、より正確に言えばブラジル文学には何が必要なのかということだった。必要なのは前衛、実験的作品、爆薬となるもの、ただしカンポス兄弟のように、退屈で面白味のないへぼ教授二人組ではなく、はっきり言って読むに値しないオスマン・リンス（だとすればなぜオスマン・リンスの本は出版されて、彼の短篇集は出版されなかったのか?）のようなものでもなく、何か新しいもの、ただし彼の分野に引きつけて、犯罪小説（ただしアメリカではなくブラジルの）とか、ルベン・フォンセカの後継ぎが、我々自身を理解するために必要なのだ。フォンセカはいいものを書いていて、ろくでなしと言われていたが、彼には本当かどうか確信が持てなかった。ある日、コウトは空き地に停めた車のなかで考えた。フォンセカを誘拐して、

調べてみるのも悪くないだろう。上司にそう伝えたところ、聞き入れられた。だがそのアイデアは実行に移されなかった。フォンセカを実際の小説の中心に据えるという考えが、コウトの夢想を曇らせたり輝かせたりした。上司にはさらに上司がいて、その連鎖のどこかでフォンセカの名前は消えてしまい、存在しなくなってしまうが、コウトの心のなかの連鎖においては、フォンセカの名前は次第に大きくなり、さらに権威を備え、あたかもフォンセカという語が傷口で、コウトという語が武器であるかのように、彼のことを寛大に受け入れた。そこで彼はフォンセカを読み、化膿するまで傷口を読み、その後病に陥り、仲間によって病院に担ぎ込まれた。精神錯乱だったと言われている。彼は肝臓病患者の病棟でブラジル版犯罪小説の傑作を見た。そのディテール、筋書き、クライマックス、結末が見え、自分がエジプトの砂漠にいて、建設中のピラミッドに波のように（彼は波だった）寄せていく気がした。そして彼はその小説を書き、出版した。『言うべきことは何もない』と題されたその小説は犯罪小説だった。主人公はパウリーニョという名で、ときにある上流階級の夫妻の運転手を務め、ときに探偵となり、またときに骸骨となって廊下で煙草を吸いながら遠い叫び声を聞く。その骸骨はありとあらゆる家に（ありとあらゆる家にではなかった、中流階級か厳粛な貧しい者たちの家に）入り込んだが、決して住人に近づきすぎることはなかった。この作品が刊行された「黒い拳銃」叢書は、アメリカ、フランス、ブラジルの犯罪小説を扱っていたが、海外の版権を買う資金が乏しかったため、そのころはブラジルの作品が増えていた。彼の仲間はこの小説を読んだものの、理解できた者はほぼ皆無だった。そのころにはもはや車で一緒に出かけることもなくなり、誘拐も拷問もしなくなっていたが、ときどき人殺しをする者はまだいた。この連中から離れて作家にならなくてはいけない、とコウトはどこかに書いている。しかしそれは容易ではなかった。あるとき彼はフォンセカに会おうとした。コウトによれば、二人は目が合った。なんと老けているのだろう、と彼は思った。もはやマンドレイクでも何でもなかったが、たとえ一週間だけでも彼と入れ替わってみたいものだ。そして、フォンセカの目つきは自分よりも厳しいとも思った。おれはピラニアに囲まれて生きている、と彼は書いた。だが、ドン・ルベン・フォンセカは形而上学的サメたちのいる水槽で生きているのだ。彼はフォンセカに手紙を書いた。返事は来なかった。そこでもうひとつの小説『最後の言葉』を書き、「黒い拳銃」叢書の一冊として出版した。その小説にはふたたびパウリーニョが登場し、根本的にはあたかもコウトがフォンセカの前で恥ずかしげもなく自分自身を露にしているかのようであり、明け方、子供の誘拐魔のように仲間たちが中心街を歩き回る間、おれはひとりきりでここにいて、ピラニアたちに耐えているとでも言うかのようだ。書くことの神秘。そしてフォンセカが決して読まないであろうことをもしかすると知っているかもしれないが、彼は小説を書き続ける。『最後の言葉』にはさらに多くの骸骨が登場した。パウリーニョは今や骸骨同然だった。彼の依頼人たちも骸骨だった。パウリーニョが話をしたり、セックスしたり、一緒に食事したりする（いつもはひとりで食事するのだが）相手もまた骸骨だった。そして三作目の小説『無言の少女』においては、ブラジルの主要都市は巨大な骸骨のようであり、町や村も小さな骸骨、子供の骸骨のようで、ときには言葉さえも骨に変わってしまっていた。彼はもはやそれ以上書くことはなかった。誰かが彼に、急襲を行なう仲間がどんどん姿を消していると言い、彼は恐怖、つまり身体のなかにさらなる恐怖を感じた。彼は自分の足跡をたどり、知っている顔を見つけようとしたが、執筆する間にすべてが変わってしまっていた。見知らぬ人々がコウトの小説の話をし始めた。そのひとりはフォンセカでもありえたが、そうではなかった。奴はおれの手中にあった、と夢のように消えゆく前にコウトは日記に書きつけている。その後パリに行き、ラ・グレース・ホテルの一室で首を括った。

カルロス・エビア

一九四〇年モンテビデオ生まれ―二〇〇六年モンテビデオ没

サン・マルティンについての、記念碑的だが、たとえばこの英雄をウルグアイ人としているようにしばしば事実が歪められた伝記の作者。また『海と書斎』に収録されたいくつかの中篇と二つの長篇も書いた。長篇のうち『ジェイソンの賞』は、地上の生は、銀河間で行なわれ失敗に終わったコンテスト形式のテレビ番組の結果であるという設定の寓話である。『モンテビデオ市民とブエノスアイレス市民』は、友人たちが夜明けまで延々と語り明かすという小説である。

エビアは生涯を通じてテレビ報道に携わり、下働きの仕事に就いたが、ときにはニュースの編集長を務めたこともあった。

何年かの間パリで暮らし、その地で「現代史ジャーナル」誌のさまざまな理論を知って、決定的な影響を受けた。フランスの哲学者エティエンヌ・ド・サンテティエンヌの友人となり、その著作を翻訳した。

ハリー・シベリウス

一九四九年リッチモンド生まれ―二〇一四年リッチモンド没

ノーマン・スピンラッドとフィリップ・K・ディックを読み、おそらくボルヘスのある短篇について考えをめぐらせた結果、ハリー・シベリウスは、当時最も複雑で濃密だったが、たぶん無用でもあった作品のひとつを書いた。その小説は、というのもそれは小説であって歴史書ではないからだが、見かけは単純である。その設定は以下のとおり。イタリア、スペイン、ヴィシー政権のフランスと同盟を結んだドイツは、一九四一年の秋にイギリスに勝利する。翌年の夏、四百万人の兵士を投入してソ連への攻撃を開始する。一九四四年、散発的な戦闘を続けていたシベリアのいくつかの拠点を除き、ソ連は降伏する。一九四六年の春、ヨーロッパ軍が東から、日本軍が西から、アメリカ合衆国を攻撃する。一九四六年の冬、ニューヨーク、ボストン、ワシントン、リッチモンド、サンフランシスコ、ロサンジェルスが陥落する。ドイツの歩兵部隊と機甲部隊がアパラチア山脈を越える。カナダ軍は内陸部へ後退する。合衆国政府はカンザスシティに移され、すべての戦線で敗色が濃厚となる。

一九四八年、降伏協定が結ばれる。アラスカ、カリフォルニアの一部およびメキシコの一部が日本に割譲される。残りのアメリカはドイツの占領地域となる。ここまではすべてハリー・シベリウスが、冒頭の一〇ページで淡々と語っていることである。この導入部（実際には読者を直ちに物語のなかに引き込むための一種の年表）は「鳥瞰」と題されている。ここから始まる一三三ページの小説『ヨブの正嫡』は、アーノルド・J・トインビーの『ヒトラーのヨーロッパ』の黒い鏡となっている。

この本は件のイギリスの歴史家の著作に倣って構成されている。二つ目の導入部（実際にはこれこそが序文）は、まさにトインビーの序文と同様「歴史の捉えがたさ」と題されている。「歴史家のヴィジョンは、いついかなる場所にあっても彼自身の時間的空間的位置に条件づけられている。さらに時間や空間は絶えず変化しているため、いかなる歴史も、この語の主観的意味において、あらゆる時代の読者はもとより、地球上のあらゆる地域にとってさえも受け入れ可能な形で、断定的にすべてを語る恒久的な叙述とはなりえない」というトインビーの一節は、シベリウスの序文で展開される省察のモチーフのひとつとなっている。言うまでもなく、彼の意図はトインビーのそれとは異なる。英国の教授は結局のところ、犯罪と恥ずべき行為が忘れ去られないためにその本を書いている。ヴァージニア州出身の小説家は、ときに〈時間と空間〉のどこかでその犯罪が勝利を収めたと信じているようであり、それゆえ犯罪の目録の作成に着手する。

トインビーの本の第一部は「ヒトラーのヨーロッパの政治構造」と題され、シベリウスの本の第一部は「ヒトラーのアメリカの政治構造」である。どちらも六章からなるが、トインビーの場合は現実であることが、シベリウスの場合は歴史の混沌の只中で歪められた現実の投影である。彼の小説の登場人物は、ときにロシアの小説（『戦争と平和』はお気に入りの一冊だった）から、またときに短篇アニメ映画からそのまま抜き出されたようで、多くの場合は最小限の連続性も持たないにせよ、第四章「行政」のようにきわめて反小説的な章において、動き、話し、生きている。その章でシベリウスは、（1）併合された領土、（2）ある民政官の下に置かれた領土、（3）付加された領土、（4）占領された領土、（5）「戦略区」での生活を細部まで思い描いている。

ひとりの人物に二〇ページを、それも単に読者に対し、件の人物の身体的特徴、倫理観、食べ物の好みやスポーツの趣味、野心や挫折を紹介するためだけにその二〇ページを費やしたあとで、その人物が小説を通じて二度と姿を現わさないということは稀ではない。その一方で、ほとんどついでのように言及された他の登場人物は、地理的にかけ離れた場所に、明らかに矛盾し相容れないというほどではないにせよ、まったく異なる活動に従事する人物として、繰り返し登場するのだ。官僚組織の機能の描写は容赦ない。第二部第四章「輸送」は、（a）戦争勃発時のドイツとアメリカの輸送に関する状況、（b）ドイツとアメリカの輸送に関する軍事的状況の変化の影響、（c）ドイツによるアメリカ全土の輸送管理方法、（d）ドイツによるアメリカにおける輸送の組織化に分類され、合計二五〇ページに及び、専門知識のない読者なら誰でもうんざりさせられる。

語られる物語は常に独創的というわけではない。登場人物に至ってはほとんど独創性がない。第二部第三章「工業と原材料」では、ヘミングウェイのハリー・モーガンとロバート・ジョーダンが、ロバート・ハインラインの登場人物や「リーダーズ・ダイジェスト」によくあるストーリーとともに見出せる。第七章「財政」の（b）「ドイツによる諸外国の開発」では、知識のある読者なら気づくように（シベリウスはときに名前を変える労をとりさえしない！）、フォークナーのサートリス家、ベンボウ家、スノープス家のさまざまな人々（「ドイツ信用銀行」）やウォルト・ディズニーのバンビ、ゴア・ヴィダルのマイラ・ブレッケンリッジとジョン・ケイヴ（「金および外国人財産の没収」）、スカーレット・オハラとレット・バトラーがガートルード・スタインのハースランド家、デーニング家の人々とともに——これがある辛辣な批評家に、シベリウスが『アメリカ人の成り立ち』を読んだ唯一のアメリカ人なのかという疑問を抱かせた——（「占領の経費およびその他の租税の徴収」）、ジョン・ドス・パソスのさまざまな登場人物が、カポーティのホリー・ゴライトリー、パトリシア・ハイスミスのリプリー、チャールズ・ブルーノおよびガイ・ダニエル・ハインズとともに（「精算協定」）、ダシール・ハメットのサム・スペード、カート・ヴォネガットのエリオット・ローズウォーター、ハワード・キャンベル、ボコノン（「為替レートの操作」）、スコット・フィッツジェラルドのエイモリー・ブレイン、グレート・ギャツビーとモンロー・スターがロバート・フロストやウォレス・スティーヴンスの詩とともに登場するといった具合、すなわちいずれも、どちらかというと抽象的で穏やかかつ光と影でできている人物なのだ（「ドイツによるアメリカの銀行の管理」）。

それらの物語、すなわち『ヨブの正嫡』のなかで明確な因果関係もなく交差する無数の物語は、いかなる原則にも従わず、（あるニューヨークの批評家が突飛ながら『戦争と平和』になぞらえて考えたのとは異なり）全体像を提示しようとするわけでもない。シベリウスの物語は、単に生じるから生じるだけのことで、それは人間の時間と空間を超え、独立した動きをするそれ自体の力によって解き放たれた偶然の産物として、言わば時空間の認識が変化し、さらには廃止され始めた新たな時代の幕開けを示しているのだ。シベリウスが新たなアメリカの政治、経済、軍事的秩序について語るとき、それは理解可能である。宗教、人種、司法、産業の新たな秩序について、シベリウスは客観的かつ明快に解説する。彼の得意分野は管理である。だが、彼の登場人物たちが（借用したものであろうがあるまいが）、彼の物語が（借用したものであろうがあるまいが）、彼が苦労の末に立ち上げた官僚組織に侵入し、その上に立つときこそ、彼の物語はその頂点に達するのである。彼の物語の混乱のなかに——それらの不可避性のなかに——、最高のシベリウスを見出すことができる。

そして、少なくとも文学に関しては、それが唯一のシベリウスである。

その小説を上梓したあと、彼は現われたときと同じく静かに引退した。アメリカ合衆国のさまざまな戦争ゲームの雑誌や同人誌に寄稿した。またいくつかのゲームの設計に協力した。それらはアンティータムの戦い、チャンセラーズヴィルの戦い、ゲティスバーグ作戦、一八六四年ウィルダネス作戦、シャイローの戦い、ブルランの戦い等々に基づいている。

マックス・ミルバレーの千の顔

マックス・ミルバレー、またの名をマックス・カシミール、マックス・フォン・ハウプトマン、マックス・ル・グール、ジャック・アルティボニート

一九四一年ポルトープランス生まれ――一九九八年レカイ没

彼の名はおそらくマックス・ミルバレーであるが、それが本名かどうかは決してわからないだろう。彼が文学活動を始めた経緯は謎に包まれている。ある日突然、某新聞の編集長のオフィスに現われ、次の日にはもうニュースを求めて街を歩き回っていた。あるいは上司から言いつかった用事や言伝てをこなすことのほうが多かった。修業時代、彼はハイチのジャーナリズムの悲惨で従属的な状況の影響をじわじわと受けていった。だが、頑固で根気強い性格の持ち主だったことから、二年後にはポルトープランスの新聞「エル・モニトール」の社交欄編集助手の地位に就き、首都の上流階級のパーティーや夜会を渡り歩いてはその眩さに幻惑される。最初の瞬間から、彼がその世界に属したいと願ったことは間違いない。そして直ちに、そのためには二つの方法しかないことを悟った。ひとつ

は暴力を公然と振るうこと、だがそれは、穏やかで臆病な人物であり、血を見ただけで嫌悪を覚える彼には向いていなかった。もうひとつは文学を通じて実現すること、というのも文学は一種の秘められた暴力で、社会的尊敬を与えてくれるし、いくつかの若く多感な国々では、社会的上昇を装う手段のひとつなのだ。

彼は文学を選び、困難な修業時代を回避することを選んだ。最初の詩は「エル・モニトール」紙の文化欄に掲載されたが、それはエメ・セゼールの作品の模倣であり、ポルトープランスのインテリ連中の間での反響は芳しくなく、若き詩人はおおっぴらに笑いものにされた。

続く剽窃の試みは、彼が教訓から学んだことを示していた。今回模倣の対象となった詩人はルネ・ドペストルで、結果は異口同音の賞賛とまではいかなかったものの、何人かの教授や批評家の注目を集め、駆け出しの詩人は輝ける未来が待っていると予言された。

ドペストルの模倣を続けていくこともできただろうが、マックス・ミルバレーは愚かではなかったので、出典とする詩人たちを増やすことにする。睡眠時間を削り、職人的な辛抱強さで、アントニー・フェルプスとダヴェルティィージュを剽窃し、マックス・カシミールという最初の異名を考案した。マックス・ミルバレーのいとこということにして、文学に手を染めたときに自分を揶揄した人々、すなわち「ハイチ文学グループ」を創始したメンバーであるフィロクテート、モリソーおよびルガニュルを彼＝カシミールの作とした。のちに、詩人リュシアン・ルモワーヌとジャン・デュードネ・ギャルソンも同じ目に遭うことになる。

時が経つにつれ、ミルバレーは他人の詩を切り刻んで自分の詩に仕立てる技法に熟達するようになる。慢心した彼が、世界への攻撃を企てるのに時間はかからなかった。フランスの詩は、無限に広がる禁猟区を提供してくれたが、まずはより身近なところから手をつけることにした。どこかに書き留められたメモによれば、彼の計画はネグリチュードのあらゆる表現方法を使い尽くすことだった。

こうして、著作を見つけるのはきわめて難しいがアポリネール・フランス書店が無償で揃えてくれた二十人以上の作家から取捨選択を行なったのち、彼はマルティニークの詩人ジョルジュ・デポルトとエドゥアール・グリッサンをミルバレーの作とし、マダガスカルの詩人フラヴィアン・ラネヴォとセネガルのレオポール・セダール・サンゴールをマックス・カシミールの作とした。サンゴールの剽窃において、彼の技法は完璧さの頂点に達した。一九七一年九月の第二週に発行された「エル・モニトール」紙にマックス・カシミールが発表した五篇の詩が、サンゴールが『黒い聖餅《ホスチア》』（スイユ社、一九四八年）と『エチオピア人』（スイユ社、一九五六年）に載せたテクストであることに気づいた者はひとりもいなかった。

彼は有力者たちの注目を集めた。社交欄担当の記者として、いっそう熱心にポルトープランスの夜会を取材し続けていたが、いまや主催者たちに出迎えられる立場となり、名高い詩人マックス・ミルバレーもしくは親愛なる詩人マックス・カシミールとして、またはある気さくな軍人からは当たり前のように、愛すべき詩人カシミール・ミルバレーとして（一部の無知な招待客にとっては紛らわしいことに）さまざまに紹介された。その報いを受けるときがまもなく訪れる。彼はボン駐在文化担当官の職を与えられ、ヨーロッパに旅立った。国を出るのはそれが初めてだった。

外国での生活は悲惨なものとなった。ひっきりなしにさまざまな病に罹ったために三か月以上も入院生活を送ったのち、彼は新たな異名を作り出すことにする。ドイツ人とハイチ人の混血の詩人マックス・フォン・ハウプトマンである。今回模倣されたのは、ハイチではほぼ無名と見なした詩人たちだった。フェルナン・ロラン、ピエール・ヴァスール＝ドクロワとジュリアン・デュニラクで、テクストの上にひとりの吟唱詩人が立ち上がり、アーリア人を加え、化粧を施し、変身させた彼らのテクストの上にひとりの吟唱詩人が立ち上がり、アーリア人とマサイ族の偉大さを等しく探り、詠い上げた。この詩集は三度突き返されたのち、パリのある出版社から刊行された。フォン・ハウプトマンはたちまち成功を収めた。こうしてミルバレーが、大使館での仕事の退屈をまぎらそうとしたり、いつ終わるとも知れぬ医者の診察を繰り返し受けたりしている間に、パリのいくつかの文芸サークルで、彼は一風変わったカリブのペソアとして知られるようになる。もちろん、誰ひとり（なかにはフォン・ハウプトマンの興味深いテクストを読んだ者もいるはずの、当の剽窃された詩人たちでさえ）ペテンには気づかなかった。

ナチの詩人でありながらある種のネグリチュードを捨てずにいることに、ミルバレーは熱中したようだ。彼はフォン・ハウプトマンの創造的な作品を深化させようと決心した。そこでまず、物語をその起源から明らかにする（あるいは混乱させる）ことにする。フォン・ハウプトマンはミルバレーの異名ではなかった。ミルバレーがフォン・ハウプトマンの異名だった。彼の語るところによると、父親はデーニッツの潜水艦隊の軍曹で、ハイチ沿岸で遭難し、敵国で捕えられるが、彼を友人と見なした少数のマサイ族に保護された一種のロビンソン・クルーソーだった。その後、父親はマサイ族の娘のなかでも一番の美女と結婚し、一九四四年に彼が生まれた（これは嘘で、本当は一九四一年生まれだが、名声に目がくらみ、事実を美化するついでにさばを読んで三歳若く見せようとした）。当然ながら、フランス人は彼の言葉を信じなかったが、その突飛さを悪く取ることもなかった。すべての詩人は自分の過去を捏造する。そのことをフランス人以上によく知っている者がいるだろうか。ハイチでの反応はさまざまだった。彼を破廉恥な道化と見なす者もいた。なかには突如として、島のどこか片隅で忘れ去られていた遭難者か冒険家のドイツ人、イギリス人、フランス人の父親や祖父を捏造する者も現われた。一夜にして、ミルバレー／フォン・ハウプトマン現象は有力者層の間にウイルスのように広がった。フォン・ハウプトマンの詩はポルトープランスで出版され、（マサイ族の血を引く者はおそらくひとりもいない国で）マサイ族のアイデンティティを肯定する動きが伝説や家族の歴史を付加されて増殖したばかりか、新プロテスタント教会の二人の侍者が策略をめぐらし、さしたる成功は収められなかったものの、剽窃者を剽窃するという事態すら起きた。

　しかしながら、熱帯で名声は長続きしない。彼がヨーロッパから戻ると、フォン・ハウプトマンのブームはすっかり忘れ去られていた。王権――デュヴァリエ王朝、少数の裕福な一族と、軍人たち――は、偽の混血の理想像を奨励する人々にかまけるよりももっと重大な問題を抱えていた。秩序と反共産主義闘争のほうがアーリア人やマサイ族と世界におけるその共通の運命よりも重要であることを、まだハイチの陽光に目がくらんでいたミルバレーは悲しい気持ちで確認した。だが、決して気落ちすることなく、尊大な態度で、新たな異名を世に出す準備を整えた。こうして、剽窃という金銀細工の精華とも言うべきマックス・ル・グールが誕生する。ケベック、チュニジア、アルジェリア、モロッコ、レバノン、カメルーン、コンゴ、中央アフリカ、ナイジェリアの詩人たち（アポリネール・フランス書店の抑鬱的でマニアックな老店主が親切にも貸してくれた本を読み始めるやいなや彼が雄叫びを上げ、読み終えるときには身を震わせていたマリの詩人シリマン・シソコ、ギニアのケイタ・フォデバの作品はもちろん）を圧縮したものである。

仕上がりは上々だった。読者の反応はなかった。

自尊心を傷つけられたミルバレーは、何年かの間「エル・モニトール」紙の、次第に縮小し影が薄くなりつつあった社交欄編集部に引きこもるとともに、ハイチ電話会社の怪しげな仕事を掛け持ちする。新聞社の仕事だけでは、かつてのように日々の糧を得ることができなかったためである。

追放の年月は、研鑽の年月でもあった。ミルバレーの詩作品は数を増し、カシミール、フォン・ハウプトマン、ル・グールの作品も数を増した。詩人たちはさらに深みを増し、四人の間の違いは明確になった（アーリア系詩人のフォン・ハウプトマンは急進的ナチの混血《ムラート》に、きわめて実際的な人物であるル・グールは強硬な軍国主義者に、抒情詩人のミルバレーはトゥーサン・ルヴェルチュールやドゥサリーヌ、クリストフの亡霊を甦らせる愛国者になるが、それとは対照的に故国の風景を歌うネグリチュードの詩人カシミールはアフリカと太鼓《タムタム》の吟唱詩人となる）。彼らには類似点もあった。四人とも熱烈にハイチと秩序と家族を愛していたのだ。宗教に関しては一致しない点があった。ル・グールとミルバレーがカトリックでかなり寛容だったのに対し、カシミールはブードゥー教の儀式を実践し、フォン・ハウプトマンは曖昧なプロテスタントで不寛容だった。ミルバレーはその四人を競わせ（とくにフォン・ハウプトマンとル・グール、この二人はさながら二羽の闘鶏だった）そして和解させた。彼らは互いにインタビューを行なった。そのうちのどれかを「エル・モニトール」紙が掲載した。インスピレーションが湧き野心を抱いたある晩、ミルバレーがハイチの現代詩を自分ひとりで作り上げることを夢見たと考えてもおかしくはない。

ピクチャレスクの領域に閉じこもって（それも、あらゆるものが少なくとも絵画的美《ピクチャレスク》を描くものであった文学、つまりハイチ政府公認の文学において）、ミルバレーは名声もしくは社会的地位に対する最後の襲撃を試みる。

十九世紀的な文学は、もはや人々の関心を引かないと彼は思った。詩は死にかけていた。小説はまだそこまでではなかったが、彼は小説が書けなかった。怒りのあまり泣いた夜もあった。その後、決してあきらめることなく解決策を探し求め、ついにそれを見出した。

記者として社交欄を長らく担当する間に、彼は並外れた才能を持つ非常に若いギタリストと知り合う機会があった。噂によれば警察の上級官の愛人で、ポルトープランスのスラム街で貧困生活を送っていたその若者とミルバレーは親しくなったが、当初は何か計画があったわけではなく、その若者のギターを聴くのが単に好きだったにすぎない。そのうち彼はデュオを結成しないかと持ちかけた。若者は受け入れた。

こうしてミルバレーの最後の異名が生まれる。作曲家で歌手のジャック・アルティボニートである。歌詞はアルト・ヴォルタの詩人ナクロ・アリドゥ、ドイツの詩人ゴットフリート・ベン、フランスの詩人アルマン・ラヌーの剽窃である。メロディーはギタリストのユスターシュ・ドゥシャルヌ自身の作曲であるが、交換条件は不明ながら、ユスターシュはその権利をアルティボニートに譲る。

デュオの辿った道のりは異例なものとなる。ミルバレーは、美声の持ち主ではないのに歌うことにこだわる。リズム感もないのに踊ることにもこだわる。二人はレコードを一枚録音する。ユスターシュはどこにでも、何もかも承知しているような従順さで同行し、ギタリストというよりゾンビのようである。二人は一緒に、ポルトープランスからハイチ岬まで、ゴネーヴからレオガーヌまで、ハイチ中の場所という場所をくまなく回る。二年後には、国で最も不潔なスラム街以外に公演できる場所がなくなる。ある晩、ユスターシュはミルバレーと一緒に泊まっていたホテルの一室で首を吊って死ぬ。ミルバレーは、それが自殺だと判明するまでの一週間を拘置所で過ごす。拘置所を出た彼は、殺人の強迫を受ける。ユスターシュと親しかった警察の上級官は、彼を懲らしめることを公に誓う。「エル・モニトゥール」紙では、もはや社交欄担当記者として彼を必要としない。友人たちは彼に背を向ける。

ミルバレーは孤独のなかに引きこもる。最下層の仕事をこなし、自ら「わが無二の友たちの作品」と呼ぶ、カシミール、フォン・ハウプトマン、ル・グールの詩集を黙々と作り続ける。金銀細工師の純粋な誇りゆえか、それだけの困難と向き合うことが倦怠と闘うある種の方法だったからなのか、素材は多岐にわたり、ときに思いがけない変容を生むほどである。

一九九四年、ミルバレーの社交欄の記事とフォン・ハウプトマンの詩を愛着をもって記憶していた憲兵隊のある軍曹を訪ねたとき、ぼろをまとった集団が、国を出ようとしていた軍人たちとともにミルバレーをリンチにかけようとした。憤慨すると同時に恐怖を感じたミルバレーは、シド県の県都であるレカイに隠遁し、酒場の詩人となり、また埠頭でブローカーの仕事をするようになる。

彼が死に見舞われたのは、異名の詩人たちの遺作を手掛けている最中のことだった。

北米の詩人たち

ジム・オバノン

一九四〇年メイコン生まれ――一九九六年ロサンジェルス没

詩人でアメリカンフットボールの選手だったジム・オバノンは、力に惹かれる気持ちと、繊細ではかないものに憧れる気持ちをひとつの精神のなかに持ち合わせていた。文学に手を染めた初期の作品にはビートニクの美学の影響が見られ、そのことは処女詩集『メイコンの夜』にも窺える。この詩集は一九六一年に故郷の町で、短命に終わった詩の叢書「燃える都市」の一冊として刊行された。詩のテクストに先立ち、アレン・ギンズバーグ、グレゴリー・コルソ、ケルアック、スナイダー、ファーリンゲッティへの長い献辞が掲げられている。彼はこれらの詩人と個人的に知り合いだったわけではないが（それまで故郷のジョージア州から出たことは一度もなかった）、少なくともそのうちの三人とは頻繁に熱のこもった手紙をやりとりしていた。

翌年、ヒッチハイクでニューヨークに行き、ヴィレッジのホテルでギンズバーグと黒人の詩人に会う。彼らは語り合い、酒を飲み、詩を朗読する。そのあと、ギンズバーグと黒人の男は彼をセックスに誘う。オバノンは最初、何のことかわからない。詩人のひとりが彼の服を脱がし始め、もうひとりが愛撫し出したとき、彼は恐るべき真実に襲われる。何秒かの間、どうしていいかわからない。その後、二人に殴りかかり、その場から逃げ出す。「殴り殺さなかったのは、連中が哀れに思えたからだ」と彼はのちに語っている。

件の暴力にもかかわらず、ギンズバーグはビートニク詩人のアンソロジーにオバノンの詩を四篇拾い、その詩集は一年後にニューヨークで出版される。ジョージアに戻っていたオバノンは、ギンズバーグと版元に対し訴訟を起こそうとする。弁護士たちは彼を思いとどまらせる。彼はふたたびニューヨークに行き、ギンズバーグを懲らしめてやろうと決心する。何日もの間、街を歩き回るがギンズバーグは見つからない。のちにその体験に基づく詩「歩行者」を書き、そこではひとりの天使がニューヨークを歩いて横断するが、正義漢にはひとりも出くわさない。さらにビートニクとの訣別を詠った重要な詩を書き、その黙示録的テクストで、読者はさまざまな歴史あるいは人間精神の舞台（シャーマンの軍勢によるアトランタ包囲、ギリシアの羊飼いの少年の断末魔、小都市の日常生活、同性愛者、ユダヤ人、黒人の巣窟、各人の頭上に吊り下がる金の合金でできた贖罪の剣）へと運ばれる。

一九六三年、若手芸術家育成のためのダニエル・ストーン奨学金を得てヨーロッパに渡る。パリでエティエンヌ・ド・サンテティエンヌを訪問するが、下劣で恨みがましい男という印象を受ける。またパリでは、アメリカのものなら何でも賛美するフランス新古典主義の大詩人ジュール・アルベール・ラミと知り合い、二人の間にはその後も長く続く友情が生まれる。レンタカーでイタリア、ユーゴスラヴィア、ギリシアを回る。奨学金が尽きると、パリでの生活を続けることにし、ジュール・アルベール・ラミに、彼の家族が所有するディエップのホテルでの仕事を見つけてもらう。そのホテルは「墓場によく似た」場所だったが、書くための時間がたくさんできる。イギリス海峡の灰色の空は、彼のインスピレーションを羽ばたかせる。一九六五年末、アトランタの無名に近い出版社が第二詩集の刊行をついに引き受け、それはオバノンが出来栄えに心から満足した最初の詩集となる。

しかし彼はアメリカに帰国しない。ある雨の日の午後、ジョージア州ブランズウィックからの観光客、ミス・マーガレット・ホーガンがホテルに現われる。オバノンは一瞬にして恋に落ちる。二週間後、ホテルでの仕事をすでに辞め、最初の妻にしてただひとりのミューズとなる女性とともにスペインの地を旅している。二人はフランスの首都で民事婚を挙げ、感動しながらも憂鬱な面持ちのラミが大げさな調子で若いカップルの立会人を務める。そのころまでに、オバノンの詩集はアメリカのマスメディアで論評や書評の対象となっていたが、その反応はさまざまだった。公認《オフィシアレス》のというよりもお節介《オフィシオス》なビートニクたちは、元ビートニク詩人オバノンからの攻撃に、資格剥奪という手段で応える。ギンズバーグを含む他の詩人たちは無関心を決め込む。詩集『勇者たちの道』では、自然（奇妙にも空虚で、動物は存在せず、不穏で、崇高な自然）の特異なヴィジョンと、それぞれの詩に通底する威嚇や虚勢はもとより、個人的侮辱、誹謗中傷を好むのが明らかな性癖が一体となっている。国の再生が語られ、そこに二十世紀後半のカール・サンドバーグの登場を見る熱狂的な読者もいた。だがアトランタの詩人たちの反応は、冷淡でよそよそしかった。

その間、パリでオバノンは、ラミが主宰する文芸グループ、マンダリン・クラブに加入していた。構成メンバーはすべてラミの若い弟子たちで、そのうちの二人は『勇者たちの道』の翻訳を手掛ける。詩集はラミの作品と同じ版元からまもなく刊行され、そのことは、常に大西洋の向こうの出来事に注意を怠らないアメリカの詩壇におけるオバノンの評判を確立するのに少なからず貢献する。

一九七〇年、オバノンはアメリカに帰国し、彼の本は毎年定期的に書店のショーウィンドウに並ぶようになる。『勇者たちの道』に続き、『耕されざる土地』、『燃えさかる詩の階段』、『ジム・オブラディとの対話』、『階段の林檎』、『天国と地獄への階段』、『ニューヨーク再訪』、『ジム・オバノン傑作詩選』、『川、その他の詩』、『アメリカの夜明けにおけるジム・オブラディの子供たち』等が刊行される。

オバノンは国内を縦横に巡り、講演を行なって生活した。結婚と離婚を四度繰り返すが、唯一心から愛したのはマーガレット・ホーガンだと主張し続けた。時とともに、彼の文学的罵倒は穏やかになった。「ジョン・ブラウンの陰画《ネガ》」の強硬で辛辣な詩人と「ヴァイン通りの犬へのオマージュ」の病んで尊大な詩人の間には深淵ほどの隔たりがある。死を迎えるころ、彼は黒人のことは徐々に受け入れるようになっていたが、ユダヤ人と同性愛者に対する軽蔑心は、最後まで変わることがなかった。

ローリー・ロング

一九五二年ピッツバーグ生まれ—二〇一七年ラグーナ・ビーチ没

ローリーの父親で詩人のマーカス・ロングは、チャールズ・オルソンの弟子であり友人でもあったので、オルソンは年に何日か、マーカスがアメリカ文学を講じていた大学のあるアリゾナ州フェニックスに近いアセラデロのロング家で過ごすのを習慣としていた。オルソンにとり、愛弟子のひとりとともに過ごす数日は快適そのものだった。そして、これらすべてを考え合わせるに、オルソンは幼いローリーにも深い親愛の情を抱いていて、彼に詩を本格的に読むことを教え、〈投射する詩〉と〈投射しない詩〉についての最初の個人授業を施したのはオルソン（そしてもちろん父親）だったのだろう。別の可能性としては、アリゾナの黄昏が永遠に止まってしまっている間、ローリーがポーチの下に隠れて、二人の話を盗み聞きしていたのかもしれない。

いずれにせよ、手短に言えば、〈投射しない詩〉というのは伝統的な作詩法、われわれ読者がそこに、臍や睾丸をいじったり、喜びや不幸を誇示したりする市民としての詩人のさもしさの一端を見ることが常に可能であるような「閉じた」詩、内面的な詩のことである。それに対し、〈投射する詩〉というのは、ときにエズラ・パウンドやウィリアム・カーロス・ウィリアムズの作品によって具現化される「開かれた」詩、「移動したエネルギー」の詩、詩作のテクニックが「場の詩作」に対応する詩である。一口に言えば、そしてオルソンが方向を見失ったところでわれわれも方向を見失うのをよしとするなら、〈投射する詩〉とは〈投射しない詩〉の対極にある。

少なくとも幼いローリー・ロングはそのように理解した。「閉じた」詩はダンやポーであり、またロバート・ブラウニングやアーチボルド・マクリーシュであった。「閉じた」詩は個人的な詩であり、詩人個人から読者個人に向けて書かれる。一方、「開かれた」詩は非個人的な詩で、部族の記憶の狩人（詩人）から、部族の記憶とその生成の本質的部分の受け手（読者）に向けて書かれる。そしてローリー・ロングは、聖書は「開かれた」詩であり、聖書の陰で動き回ったり這い回ったりする大群衆は、光り輝く〈言葉〉に飢えた理想の読者であると考えた。この巨大な空っぽの建物を構想したとき、彼はまだ十七歳にもなっていなかった。だが当時からすでに精力的であったので、直ちに仕事に着手した。その建物に住まい、探険しなければならない、そこで真っ先にしたのは、ほかでもない聖書を買うことだった。というのも家には見つからなかったからである。それから一節また一節と暗記し始め、その詩が自分の心に直接語りかけてくることを知った。

二十歳のとき、米国真の殉教者教会の庇護のもとに説教師となり、詩集を一冊出版したが、誰にも読まれず、啓蒙主義者だった父親さえも読んではくれなかったばかりか、息子が偉大な〈変幻自在な移動の書〉の陰で這い回る者たちと一緒になって這い回るのを見て恥じていた。だが、ローリー・ロングはいかなる挫折にもひるむことなく、すでにニューメキシコ、アリゾナ、テキサス、オクラホマ、カンザス、コロラド、ユタをハリケーンのように回り、その後ふたたびニューメキシコから、針が逆向きに進む時計のごとくそれらの州を回った。するとローリー・ロング自身にも逆転が起こり、内臓と骨が身体の外に露出したかのようで、オルソンに〈投射する〉詩と〈投射しない〉詩にではなく）幻滅を感じた。オルソンの詩は——理論に幻惑されたのと自分の無知のために——読むのに時間がかかり、詐欺に遭ったに等しい気がした（『マクシマス詩篇』を読んだときは、読後に三時間吐き続けた）。米国真の殉教者教会にも幻滅を感じた。信者たちは、聖書の大平原を見てもその遠心力には気づかず、大平原は見ても火山や伏流を見ていなかった。彼は過ぎ行く歳月、哀れなヒッピーと哀れな売女に満ちた七〇年代にも幻滅した。自殺を考えたほどに！　しかしそうする代わりに読み続けた。そして書き続けた。手紙、歌詞、戯曲、テレビや映画の脚本、未完の小説、短篇、動物寓話、コミックのあらすじ、伝記、経済や宗教のパンフレット、そしてとりわけ今挙げたすべてのジャンルが混交した詩を書いた。

彼は〈没個性的〉であろうとした。聖書の観光客や聖書の遭難者向けにガイドブックを書いた。身体に〈タトゥー〉を二つ施した。右腕には彼の探求を象徴する破れたハート、左腕には彼の仕事を象徴する燃える本。また、〈口誦〉詩を試みた。それは絶叫でもオノマトペでもなく、聖書に対応するがその一部ではない部族に似たゾンビたちの言葉遊びでもなく、幼年時代や恋愛を思い出す農夫のつぶやきでもなく、この世の終わりのラジオのＤＪのように熱く、親しげに語る声なのだ。そして彼は、何かを学び取ることができるか、アメリカのラジオの電波に乗って流れる〈没個性的な声〉を認識できるかどうか確かめるために、〈ラジオのＤＪ〉たちと友達になる。口語的でドラマチックな声音。全身が目の人間の声が、全身が耳の人間の意識を見つけるまでさまよい歩く。こうして彼は何年もの間、教会から教会へ、家から家へ移動を続け、他の者たちが本を出している間、本を出すこともなく出世もせず、しかしオルソンの理論や他の〈理論〉の泥水に潜り、疲れてはいるが目は見開いて、（本人の意思に反し）詩人を父に持つ息子にふさわしく書き続けた。

ついに地下から現われたときは別人のようだった。以前よりも痩せ（身長一八五センチ、体重六十キロ）、老けていたが、〈大いなる道〉へと続く道、少なくとも早くそこにたどり着けるはずの近道をすでにいくつか見出していた。そのころ彼はテキサス審判の日教会で説教し、かつては漠然としていたその政治思想は今や秩序立っていた。アメリカ復活の必要性を信じ、それまで経験されたものとは何もかも異なるはずの、その復活の〈特質〉を〈知っている〉と信じていた。また、アメリカの家庭とそれが多様な真のメッセージを受け取る権利、シオニストのメッセージやＦＢＩに操作されたメッセージに毒されない権利を信じ、個性とアメリカが新たな活力をもってふたたび宇宙競争に着手する必要を信じ、不治の病が共和国の体の大部分を蝕んでいること、外科的手術を施す必要があることを信じていた。オルソンを忘れ、父親のことも忘れていたが、詩のことは忘れず（短篇と詩と「思想」からなる『ノアの箱舟』と題した本を出し、成功を収めた）、南西部に自分の主張を広めることに専念した。それにも成功した。彼の言葉は人々に届いた。ラジオの電波に乗って、ビデオテープを通じて。実に単純だった。過去はますます早く消え去っていったが、ときおり、真の道を見つけるのにあれほど骨を折ったのが信じられないと考えることもあった。

彼は太り（体重一二〇キロを超えた）、金持ちになり、やがて金を持つ者がみな向かう場所へと向かった。カリフォルニアである。その地で、カリフォルニア・キリスト教徒カリスマ教会を創設した。信徒の数は多く、〈メッセージ〉を伝えるのはいたって容易だったので、風刺詩やユーモア詩を書く時間さえあった。それを読んで彼は笑い、その笑いがテクストをいくつもの鏡に変え、そこには一点の染みもなく、テキサスのどこかの部屋にひとりでいる、または彼の友人、伝記作家、代理人と称する、彼と同じくらい太った見知らぬ人々と一緒に別の慈善ディナーに出ている最中の彼の顔が映っていた。彼はたとえば、レニ・リーフェンシュタールとエルンスト・ユンガーがセックスする詩を書いた。百歳の男と九十歳代の女。骨と骨、死んだ組織同士のぶつかり合い。なんということか、と悪臭漂う広い書斎でローリーは言った。老いたエルンストがドイツ人売女を容赦なく犯し、彼女はもっと、もっと、もっととせがむ。いい詩である。老いた男女の瞳は燃えて、羨むばかりの輝きを放ち、老いた顎がきしむほど互いに吸い合い、それとなく教訓を与えながら読者を横目で見やる。その教訓は明白だ。民主主義の息の根を止めなければならない。なぜナチはあれほど長生きなのか。たとえばヘスだが、自殺しなければ、百歳まで生きただろう。何が彼らをあれほど生き永らえさせるのか。何が彼らを不死に近い存在にしてしまうのか。流された血？　聖書の飛行？　跳躍した意識？　カリフォルニア・キリスト教徒カリスマ教会は地下に潜った。エルンストとレニが、羊の群れる谷間の燃えさかる二匹の犬のように、離れられずに交わり続ける迷宮。盲目の羊たちの谷間で？　催眠術にかかった羊たちの谷間で？　俺の声が羊どもを催眠状態にするのだ、とローリー・ロングは考えた。だが長生きの秘訣はなんだろう。純潔。さまざまな側面から調べ、働き、千年期を創出することだ。そして指先が〈新しい人間〉の体に触れたと思う夜もあった。彼は二十キロ痩せた。エルンストとレニは彼のために天上で交わっていた。それが熱気に満ちてはいるが低俗な催眠療法でなく、真の〈燃える聖餅《ホスチア》〉であることを彼は理解した。

こうして彼は完全に発狂し、〈狡猾さ〉が彼の体の隅々まで行き渡った。彼には金、名声があり、辣腕弁護士がついていた。ラジオ局、新聞、雑誌、テレビ局があった。アメリカ上院に友人が何人もいた。そして揺るぎない健康を手に入れるが、二〇一七年三月のある日の正午、ボールドウィン・ローシャという名の黒人青年に頭を吹き飛ばされる。

アーリア同盟

〈テキサス人〉ことトマス・R・マーチソン

一九二三年ラス・クルセス（テキサス州）生まれ―一九七九年ワラワラ刑務所（オレゴン州）没

マーチソンの生涯は、早い時期から獄中体験の影響が色濃く表われている。詐欺、車泥棒、売春の斡旋、麻薬の密売と、特定の分野に限ることなくありとあらゆる犯罪の領域を渡り歩く。アーリア同盟に近づいたのは、イデオロギーからではなく、絶えず獄中にいたからであり、また生き延びたいという気持ちが途方もなく強かったためである。虚弱体質で、あまり暴力を好まない性格の持ち主であったことから、生き続けたいと思うならばグループを必要とした。決して人の上に立つことはなかったが、「逆境の騎士団」と彼が呼び習わした前述のグループ初の文芸誌を創刊するという栄誉を担う。一九六七年、ヴァージニア州のクロフォード刑務所で「牢獄のなかの文学」誌創刊号が誕生した。編者はマーカス・パターソン、ロジャー・タイラー、トマス・R・マーチソンだった。タブロイド判四ページのその雑誌には、手紙、刑務所内およびクロフォード郡のニュース、いくつかの詩（というより歌詞）、三つの短篇が掲載されていた。短篇には〈テキサス人〉という署名があり、広く好評を博す。滑稽で幻想的なそれらの作品の主人公は、同盟のメンバーである受刑者か元受刑者で、汚職政治家や巧みに人間を装った地球外生物からなる〈悪の諸勢力〉と戦っていた。

雑誌は成功を収め、何人かの職員は快く思わなかったにもかかわらず、他の刑務所でも手本とされ広まった。マーチソンの犯罪歴は長く、しかも犯した罪の大半において運がなかったために、彼は編集部の現役メンバーとして、あるいは他の刑務所から特派員として、雑誌の大部分の号に寄稿することになった。

自由を味わうことのできたわずかな時期は、せいぜい新聞を読むだけで、同盟に属する元受刑者とは関わりを持たないようにした。獄中ではゼーン・グレイなどの西部劇小説を読む。お気に入りの作家はマーク・トウェインだった。自分のミシシッピは刑務所と牢獄だったと書いたこともある。死因は肺気腫だった。雑誌に散発的に発表された彼の全作品は、五十篇を超す短篇と、一匹のイタチに捧げられた七十行の詩である。

ジョン・リー・ブルック

一九五〇年カリフォルニア州ナパ生まれ―一九九七年ロサンジェルス没

アーリア同盟最高の作家、二十世紀末最良のカリフォルニアの詩人のひとりともされるジョン・リー・ブルックは、十八歳のとき、ある刑務所の冷え込む教室で読み書きを習った。それ以前の彼の人生は、カリフォルニアの白人下層階級の崩壊した家庭（父親は不明、まだ若い母親は低賃金の仕事に就いている）出身の若者に特有の、行き当たりばったりな軽犯罪の連続だったと定義することができる。読み書きを習得した後、ジョン・リー・ブルックの犯罪歴は九〇度転回する。すなわち麻薬の取引、売春目的の白人女性の売買、高級車の窃盗、誘拐、殺人に手を染めるのだ。一九九〇年にはジャック・ブルックと二人のボディガードを殺した罪で起訴される。裁判で彼は無罪を主張する。だが驚いたことに、被告席に就いて十分もすると、検察官の言葉を遮り、嫌疑をすべて認めただけでなく、当時完全に忘れ去られていた四つの未解決殺人事件の犯人であることを告白する。被害者はポルノ映画監督アドルフォ・パントリアーノ、ポルノ女優スージー・ウェブスター、ポルノ俳優ダン・

カーマイン、詩人のアーサー・クレインで、最初の三件は四年前に、最後の一件は一九八九年に起きていた。彼は死刑判決を受ける。カリフォルニア文学コミュニティーの有力メンバーの支援を受けて何度か控訴が行なわれたが、一九九七年四月に刑は執行される。目撃者によると、ブルックは最後の数時間を、自作の詩を読みながら実に穏やかに過ごしたという。

五つの詩集からなる彼の作品は堅固で揺るぎなく、ホイットマンを彷彿とさせるもので、口語表現に富み、物語詩にきわめて近いが、アメリカ詩の他の潮流を顧みないわけではない。彼が好み、どの詩においてもときに強迫的に繰り返されるテーマは、白人が住むいくつかの地区に見られる極度の貧困、刑務所内の黒人と性暴力、常に極小の小悪魔あるいは謎めいた料理人として描かれるメキシコ人、女性の不在、フロンティア精神の継承者と見なされるライダースクラブ、通りや刑務所における悪党どもの序列、アメリカの退廃、孤独な戦士といったものである。

特に注目すべきは以下の詩作品である。

――『ジョン・L・ブルックの要求』は、作者が定義したように、常に五百行以上あるテクストー川もしくは頓挫した小説が長く連なったものとしての最初の詩である。これを書いたとき彼は弱冠二十歳だったにもかかわらず、そこにはすでにブルックが完全な形で姿を表わしている。この詩は青春の病とそれを治すのに唯一適した方法を詠っている。

――「名前のない通り」は、マクリーシュとコンラッド・エイケンの引用に、オレンジ郡刑務所の献立表と火曜日と木曜日に刑務所で授業をするためにやってくる英文学教師の見る男色趣味の夢を組み合わせたテクストである。

――「サンティーノと俺」は、詩人とその保護観察官ルー・サンティーノの会話の断片で、テーマはスポーツ（究極のアメリカ的スポーツとは何か？）、娼婦、映画スターの生活、獄中の有名人と彼らの内と外における精神的重圧などである。

――「チャーリー」（まさに獄中の有名人）は、一九九二年に作者が知り合ったと思われるチャールズ・マンソンの、表面的で「具象的」でありながら親しみのこもった描写である。

――「付き添い人」は、サイコパス、連続殺人犯、精神錯乱者、アメリカン・ドリームに取り憑かれた躁鬱病患者、夢遊病者、密猟者の顕現《エピファニー》を描く。

――「悪党ども」は、生来の殺人鬼を取り上げている。その描写のなかでブルックはこう述べている。「下劣な人々／意志に支配された子供たちは／鉄の迷宮か砂漠にあって／獅子の檻のなかの豚のようにひ弱な存在だ……」。

彼の第三詩集（『孤独』一九八六年）に収録されたこの最後の詩は一九八五年に書かれ、「南カリフォルニア心理学ジャーナル」および「バークレー大学心理学マガジン」誌上で議論の的となった。

素晴らしきスキアッフィーノ兄弟

イタロ・スキアッフィーノ

一九四八年ブエノスアイレス生まれ―一九八二年ブエノスアイレス没

イタロ・スキアッフィーノほど不屈を誇る詩人は、少なくとも彼が生きた時期のブエノスアイレスにはおそらくいなかっただろう。たとえ彼の名声がのちに、同じく詩人だった弟のアルヘンティーノ・スキアッフィーノの人気が急上昇したことで陰ったにしても。

貧しい家庭の出だった彼の人生には、二つの情熱しか存在しなかった。サッカーと文学である。十五歳のとき、すでに二年前に学校をやめ、ドン・エルコーレ・マッサントニオの金物店で使い走りをしていたイタロは、当時数多く存在したボカ・ジュニアーズのサポーター集団のひとつ、エンゾ・ラウル・カスティリオーニ率いるフーリガン・グループの一員となる。

まもなく飛躍の時を迎える。一九六八年、カスティリオーニが刑務所に入ると、グループのリーダーの地位に就き、最初の詩（記憶されているところでは最初の詩）とマニフェストを書いた。「猟犬どもよ、青ざめろ」と題されたその詩は三〇〇行からなり、グループの仲間はそのうちの数節を暗記した。基本的には戦いの詩で、スキアッフィーノに言わせれば、「ボカの若者たちに捧ぐ一種の『イーリアス』」だった。一九六九年、寄付金やカンパを集めて一千部が出版され、ペレス＝エレディア博士がアルゼンチン詩壇に登場した新しい詩人を歓迎する序文を寄せた。マニフェストのほうは別物だった。その五ページの内容で、スキアッフィーノはアルゼンチンのサッカー事情について述べ、危機を嘆き、その責任者（優れた選手を輩出することのできないユダヤ人財閥と国を衰退に導くアカのインテリたち）を名指しし、危険性を指摘し、悪魔祓いの方法を説いた。タイトルは「アルゼンチンの青年の時」で、スキアッフィーノ自身の言葉によれば、それは「祖国の最も不穏な精神を目覚めさせるためのカール・フォン・クラウゼヴィッツ風ラテンアメリカ的反乱」のことだという。それはたちまち、少なくともかつてのカスティリオーニのグループの最も強硬なフーリガンたちの間で必読書となった。

一九七一年、スキアッフィーノはメンディルセ未亡人を訪問したが、その証拠となる写真も文書も残されていない。一九七二年、『栄光の道』を刊行し、四十五篇の詩を通じて、ボカ・ジュニアーズの他の多くの選手の人生に検討を加えた。その小冊子には、『猟犬どもよ、青ざめろ』と同じくペレス＝エレディア博士による好意的な序文が寄せられ、クラブ副会長のお墨付きを得た。本はスキアッフィーノのグループのメンバーが予約購入し、残りは試合のある日曜日にボンボネラ・スタジアム周辺で販売された。今回は専門家たちも沈黙を破った。『栄光の道』は二つのスポーツ紙に取り上げられ、スキアッフィーノはペスタロッツィ博士の「すべてサッカー」というラジオ番組に招かれ、アルゼンチンサッカーの危機的状況についての討論会で意見を求められた。スポーツ界の名士を集めたその番組で、スキアッフィーノは終始控えめだった。

一九七五年、次の詩集『荒ぶる牡牛のごとく』を印刷所に渡す。ホセ・エルナンデス、リカルド・グイラルデス、エバリスト・カリエゴの影響が見られるそのガウチョ風の詩句で、スキアッフィーノは、彼の率いるフーリガンたちがブエノスアイレス州内のさまざまな場所に出かけたことや、コルドバとロサリオに二度遠征しチームがアウェイで勝利したこと、サポーターは声を嗄らし、場外の乱闘には至らなかったものの小競り合いがいくつか生じ、「敵の軍勢」の孤立分子を懲らしめたことを、ときに詳細に語っている。そのきわめて好戦的な調子にもかかわらず、『荒ぶる牡牛のごとく』は彼の最も成功した、自由で自発的な作品であり、それを読んだ者は、若い詩人と、彼が「祖国の処女空間」との間に築いている関係を正確に思い描くことができる。

同じく一九七五年、オネスト・ガルシアとファン・カルロス・レンティーニのグループが彼のグループと合併した後、スキアッフィーノは季刊誌「ボカとともに」を創刊し、以後この雑誌は彼の思想を表現し広める媒体となる。一九七六年一月の第一号には、「ユダヤ人は出ていけ」という論考を載せる。出ていけというのは、もちろんサッカースタジアムからであって、アルゼンチンからという意味ではなかったが、彼に対するさまざまな無理解と敵意を生むことになる。それについては一九七六年に発行された第三号掲載の「不満なサポーターの記憶」も同様で、そこではリーベル・プレートのサポーターを装い、このブエノスアイレスのライバルチームの選手とサポーターについて滑稽な意見を述べている。同様のことは一九七七年第一号、第三号、一九七八年第一号でも「不満なサポーターの記憶」Ⅱ、Ⅲ、Ⅳと題して続き、「ボカとともに」の読者の称賛を浴びる一方、ブエノスアイレス大学の「記号論ジャーナル」に載ったラテンアメリカのスペイン語とピカレスクについての研究のなかで、ペルシオ・デ・ラ・フエンテ博士（退役大佐）に引用された。

一九七八年はスキアッフィーノにとって栄光の年となる。アルゼンチンがワールドカップで初優勝を飾り、フーリガン・グループは一大パレード会場と化した通りで優勝を祝う。それは「若者たちに乾杯」の年であり、その寓意的で並外れた詩でスキアッフィーノは、自らの運命を前に巨大なフーリガン・グループのように団結した国を想像する。それはまた彼が「まともな」「大人の」扱いを受けた年でもある。次々と書評が出て、しかもスポーツの分野にとどまらなかった。ブエノスアイレスのあるラジオ局から解説者になってほしいとの依頼があり、政府に近いある新聞社からは若者向けのコラムを毎週寄稿してほしいと請われる。スキアッフィーノはすべての依頼を引き受けるが、彼の血気盛んな筆は至る場所で軋轢を生む。ラジオ局でも新聞社でも、人々は、スキアッフィーノにとってはそこで雇われるよりもボカの若者たちのリーダーであることのほうが重要であると直ちに理解する。その軋轢は、肋骨の骨折と割れたガラス、その後長く続くことになる刑務所通いの始まりをもって収束する。

昔からの後援者の支援がなくなると、スキアッフィーノの詩才は枯渇してしまったようだ。一九七八年から八二年にかけて、彼はもっぱらフーリガン・グループと『ボカとともに』の刊行に専念し、季刊誌にはサッカーとアルゼンチンを蝕む諸悪を非難する彼の記事が載り続けた。

サポーターの間で彼の影響力が衰えることはなかった。彼の指揮の下に、ボカのフーリガンは増え、それまでにないほど強化された。彼の名声は、どこか怪しげで秘密めいているにしても、比類ないものだった。家族のアルバムには、彼がクラブの幹部や選手たちと一緒に写っている写真が今も残っている。

一九八二年、マルビーナス戦争の最新ニュースのひとつをラジオで聞いている最中、彼は心臓発作で亡くなった。

〈デブ〉ことアルヘンティーノ・スキアッフィーノ

一九五六年ブエノスアイレス生まれ―二〇一五年デトロイト没

アルヘンティーノ・スキアッフィーノの人生の軌跡は、さまざまな時期に、文学界およびスポーツ界のさまざまな、そしてしばしば対立する人物の軌跡と比較されてきた。たとえば一九七八年、パリート・クルーゲルなる人物が「ボカとともに」第三号で、彼の人生と作品はランボーのそれに匹敵すると述べている。また一九八二年には同誌の別の号で、ラテンアメリカのディオニシオ・リドルエホとして言及されている。一九九五年に出た『知られざるアルゼンチン詩人たち』というアンソロジーに寄せた序文では、ゴンサレス＝イルホ教授が彼をバルドメロ・フェルナンデスと同格に扱い、彼の友人たちは、ブエノスアイレスの新聞各紙に送った手紙で、マラドーナに匹敵する唯一の一般人であると称賛している。二〇一五年には、アラバマ州セルマのある新聞に載った短い死亡記事で、ジョン・カステラーノは、彼の人物像をリンゴー・ボナベナの悲劇的人物像になぞらえている。

アルヘンティーノ・スキアッフィーノの人生と作品の浮沈を考慮すれば、そうした比較はすべて、ある程度まで的を射ていた。

実際のところ、彼は兄の影響下に育ち、サッカー好きになったのも、ボカの熱狂的サポーターになったのも、また詩の神秘に興味を抱いたのも兄の影響だった。しかしながら、二人の違いは歴然としていた。イタロ・スキアッフィーノは長身で逞しく、権威主義的で、性格はドライで、想像力に乏しかった。その姿は恐れを抱かせた。すなわち、頑健でいかつく、いくらか陰気だったが、二十八歳を境に、おそらくホルモンの異常が原因で危険なほど太りはじめ、結局それが命取りになった。アルヘンティーノ・スキアッフィーノのほうは背丈はどちらかというと中背以下で、小太り（そのため死ぬまで〈デブ〉という親しみをこめたあだ名で呼ばれた）、想像力に溢れ、性格は社交的で大胆、カリスマ性を備えていたが、権威主義的なところはほとんどなかった。

彼は十三歳で詩を書き始めた。十六歳のとき、兄が『栄光の道』で大成功を収めていたころ、最初の詩集を、自腹を切って五十部ガリ版刷りで出す。三十のエピグラムからなるその本は『アルゼンチン傑作ジョーク集』と題され、彼自身がボカのフーリガンたちの間を売り歩き、週末のうちに完売した。一九七三年四月、同じやり方で短篇『チリの侵略』が出版され、そこではブラックユーモアを込めて（ときにスプラッター映画の脚本を思わせる）、二国間の仮想戦争が語られている。同じ年の十二月、マニフェスト『我々はうんざりしている』を出版、サッカーリーグの審判団を攻撃し、彼らの判定の不公平さ、体調管理の欠如、ときに見られる麻薬使用を批判した。

一九七四年に入るとすぐ詩集『鉄の青年たち』（ガリ版刷り五十部）を出版する。そこに収められた濃密な詩あるいは軍隊行進曲の唯一の美点は、サッカーとユーモアという彼のお定まりの表現の枠組から初めて離れたことにある。続いて手掛けたのが戯曲『首脳会談、あるいはタコツボから抜け出るために我々は何をすべきか』で、この五幕の笑劇では、アメリカ大陸諸国の政府高官たちがドイツのある都市でホテルの一室に集まり、現在ヨーロッパのトータルフットボールに脅かされているラテンアメリカのサッカーに本来の歴史的優位を取り戻すためのさまざまな方法について討議する。この長大な戯曲は、アダモフ、ジュネ、グロトフスキからコピ、サヴァリに至るある種の前衛劇のさまざまな場面を思い出させるが、〈デブ〉がこの種の公演が行なわれる場所に足を運んだことがあったかどうかは疑わしい（がありえないことではない）。この劇のいくつかの場面を紹介してみよう。一――ベネズエラの文化担当官が、平和という言葉と芸術という言葉の語源について一人語りを行なう。二――ニカラグア大統領、コロンビア大統領、ハイチ大統領がホテルのトイレでニカラグア大使を強姦する。三――アルゼンチン大統領とチリ大統領がタンゴを踊る。四――ウルグアイ大使がノストラダムスの予言の独自の解釈を披露する。五――大統領たちがマスターベーション大会を組織し、次の三部門で優勝を争う。濃さの部門ではエクアドル大使が、射精時間の長さの部門ではブラジル大使が、また最も重要な精液の飛距離の部門ではアルゼンチン大使がそれぞれ優勝する。六――このような競技を「悪趣味なスカトロジー」と見なすコスタリカ大統領が大会後に立腹する。七――ドイツ人娼婦たちが到着する。八――一同の間で争いが起き、大混乱となり、全員疲労困憊する。九――夜明けの訪れ。「淡い赤色の夜明けが、ついに敗北を悟ったボスたちの疲労ぶりを際立たせる」。十――アルゼンチン大統領がひとりで朝食を取り、その後、何度か高らかに放屁するとベッドに入り、眠りに落ちる。

同じく一九七四年、さらに二作を発表する。一作は「ボカとともに」に掲載された「申し分のない解決」と題した短いマニフェストで、ある意味で『首脳会談』の続篇となっている。そこで彼は、トータルフットボールに対するラテンアメリカ側の対抗策として、それを代表する最高の選手たちの物理的消去、すなわちクライフ、ベッケンバウアー等の暗殺を提案している。そしてもう一作はガリ版で一〇〇部刷られた新たな詩集『空のスペクタクル』で、ボカ・ジュニアーズの歴史に登場する何人かの大選手についての短く軽い、すなわち軽快な詩を集めたこの本には、イタロ・スキアッフィーノの評判となった『栄光の道』との類似点が認められる。テーマは同じ、詩のスタイルも似たり寄ったりで、用いられるいくつかのメタファーはまったく同一であるが、にもかかわらず、兄の場合には厳密さ、努力の歴史を記録しようとする意思を特徴とするのに対し、弟のほうは、イメージと韻の発見、古い伝統に対する愛情のこもったユーモア、重さに対して軽さ、言語表現の豊かさ、ときには豪奢さが特徴である。この本にはおそらく最良のアルヘンティーノ・スキアッフィーノを見出すことができる。

その後の数年間、創作の面では沈黙が続く。一九七五年に結婚し、自動車修理工場で働き始める。彼はこの時期にヒッチハイクでパタゴニアに行き、手当たり次第に本を読み、アメリカ大陸の歴史の研究に没頭し、向精神性の麻薬を試したと言われているが、実際には、毎週日曜日になると欠かさず、ボカのホームスタジアムであろうと敵地であろうと兄のフーリガン・グループが陣取る場所に姿を現わして盛んに声援を送り、そのたびにグループにおける彼の影響力は増していった。また、そのころ、アントニオ・ラクチュール大尉の死の部隊に積極的に参加し、大尉がブエノスアイレス郊外の別荘に所有していた何台かの車の運転と整備にあたったとも言われているが、証拠はない。

一九七八年、〈デブ〉はワールドカップ・アルゼンチン大会の開催期間中に、「チャンピオンたち」と題した長篇詩（ガリ版刷り一千部をスタジアムの入口で作者自ら販売した）を携えて再登場する。テクストは幾分難解で、ときに混乱し、いきなり自由詩からアレクサンドル格、二行連句、連押韻、またときに後方照応にすら変化する（アルゼンチン代表の謎に踏み込むときはロルカの『ジプシー歌集』の調子を帯び、ライバル国の代表を分析するときは、『マルティン・フィエロ』のビスカーチャ老人の処世訓から『父の死を悼む詩』におけるホルへ・マンリケの明快な予見までを駆使する）。この詩集は二週間で完売した。

ふたたび創作上の長い沈黙。一九八二年、自伝のなかで自ら告白するところによれば、マルビーナス戦争の際に志願兵として入隊しようとする。だが実現しない。その直後、過激なサポーターたちとスペインに渡り、ワールドカップを観戦する。アルゼンチン代表がイタリアに敗北を喫したのち、バルセロナのホテルで殺人、強盗、公道での騒乱を意図した襲撃の容疑で逮捕される。他のアルゼンチン人サポーター五人とともに、バルセロナのモデロ刑務所で三か月過ごす。証拠不十分で釈放される。帰国後、ボカのフーリガンの新たなリーダーに任命されるが、この昇格に興奮することもなく、その地位をモラサン博士と建築士のスコッティ＝カベージョに気前よく譲る。それでも、兄の昔からの崇拝者たちに対する精神的威光は生涯を通じて失われることがなく、のちの人生は新世代のサポーターの多くにとって、ますます伝説的色彩を帯びることになる。

一九八三年、モラサン博士の努力にもかかわらず、「ボカとともに」誌は廃刊となり、〈デブ〉は唯一の表現媒体を奪われることになったが、長い目で見れば、そのことが彼にとって有利に働くことになる。一九八四年、ブエノスアイレスで政治と文学を専門とする小さな出版社、「白と黒」社が『ある未回復領土の思い出』と題した本を刊行する。この本は文壇では黙殺されるが、アルヘンティーノ・スキアッフィーノにとって自費出版以外の世界への初めての参入となる。これは自然主義的性格の強い小ぶりの短篇集である。そのうちの四ページ足らずではあるが最も長い短篇は、朝晩サッカーを楽しむブエノスアイレスのある労働者階級の地区を思い起こさせる。登場人物は〈黙示録の四ガウチョ〉を自称する四人の子供で、そこにスキアッフィーノ兄弟の幼年時代が反映されていると見たがる聖人伝作者はひとりにとどまらない。最も短い作品は半ページにも届かないが、ある日の午後、遠い昔の名もない誰かが罹る、病か心臓発作かおそらくは単なる憂鬱にすぎないものを、ブエノスアイレスの俗語ルンファルドを多用してユーモラスに描いている。

一九八五年、同じ出版社から『狂人たちの襲撃』と題した短篇集が出る。前作よりもさらに薄く（五六ページ）、一見そのエピローグのように見える。今回はいくつかの書評子の関心を引くことができる。そのうちのひとつでは、単刀直入に低能と決めつけられる。別の書評では容赦なく酷評されるが、スキアッフィーノが見せつける巧みな言葉遣いに挑むことはしていない。他の二つの書評（それで終わりだった）は多かれ少なかれ熱狂的な調子で、率直な賛辞を送っている。

その後まもなく「白と黒」社は倒産し、スキアッフィーノはこれまでの場合のように沈黙だけでなく、匿名性のうちにも身を沈めたようだ。「白と黒」社の株の半数、あるいは少なくともかなりの比率は彼の所有だったため、それが雲隠れした理由だと言った者もいる。スキアッフィーノが出版社の立ち上げに参加するための資金をどこから調達できたのかは、依然として謎である。軍事独裁政権時代に手に入れた資金、盗んで隠しておいた財宝、口には出せない謎めいた融資といったことが囁かれたものの、何ひとつ解明されてはいない。

一九八七年、アルヘンティーノ・スキアッフィーノはボカのフーリガンの前線にふたたび登場する。妻とは別れ、今はコリエンテス通りにあるレストランでウェイターとして働いている。その店で彼は、よく知られた気の良さのおかげでたちまち人々に好かれ、その地区全体にとって必要不可欠な存在となる。その年の終わりに、いずれも七ページ足らずの三つの短篇からなる『ブエノスアイレスのレストランに関する一大小説』というガリ版刷りの本を出し、自分の客に頼まれもしないのに売りつける。最初の短篇は、ブエノスアイレスにやってきて、貯金を堅実な商売に投資しようとするレバノン人の話である。そのレバノン人はアルゼンチン人の肉屋の女主人と恋に落ち、二人でありとあらゆる種類の肉を専門とするレストランを開こうと決心する。すべては順調に運ぶが、そこへレバノン人の貧しい身内が次々とやってくるようになる。ついに女肉屋は、不倫関係を続けていた小ザル《モニート》というあだ名の見習いコックの助けを借りて、レバノン人の身内をひとりずつ始末し、問題をすべて解決する。物語は見たところ牧歌的な場面で終わる。女肉屋、その夫とモニートは、ある日田舎に出かけ、祖国の完全に自由な空の下でバーベキューの用意をするのである。二つ目の短篇は、ブエノスアイレスでレストランを経営する老いた有力者の話で、彼は人生最後の恋を求めてナイトクラブ、娼家、すでに成人した娘のいる友人の家などを次々と訪れる。ついに夢見た女性を見つけたとき、彼は自分が最初に経営したレストランにいて、相手が二十歳のタンゴ歌手で、生まれつき盲目であることを知る。三つ目の短篇は、ある友人グループが仲間のひとりの経営するレストランで夕食をともにするという話で、店は貸切になっている。最初のうち、夕食会は独身さよならパーティーのようだが、その後、会食者のひとりが何かを成し遂げたことを祝う宴席に、次いで亡くなった誰かを弔う夕食会に、次いで美味なアルゼンチン料理を楽しむことだけが目的の食通の集いになり、しまいには全員というかほぼ全員の間で仕組まれた、ある裏切り者を陥れるための罠となるが、読者にはその裏切り者なる人物が何を裏切ったのか、決して知らされない。信頼、永遠の友情、忠誠、名誉といった言葉が漠然と触れられる。物語は曖昧で、会食者の会話のみで成り立っているが、時間が経つにつれて会話の雰囲気は悪化していき、会話は大げさで残酷になるか、あるいはその逆に素っ気なく言葉少なになり、とげとげしくなる。残念なことに、物語の落ちは予想がつくもので、不必要なうえに過剰に暴力的である。レストランのトイレで、裏切り者が八つ裂きにされるのだ。

一九八七年は長篇詩『孤独』（六四〇行）が出た年でもある。出版費を負担したのはモラサン博士で、自ら序文を寄せるとともに、姪のベルタ・マッキオ・モラサン嬢が墨絵の挿画を四点手掛けている。詩は奇妙で絶望感を漂わせ、混沌としているが、作者の経歴におけるいくつかの空白を明らかにしてくれる。そこで扱われる出来事はアルゼンチンとメキシコの間で生じ、後者で開催されたワールドカップの期間中に展開する。この詩の完全なる主人公スキアッフィーノは、ブエノスアイレスのうらぶれたホテルで「チャンピオンたちの孤独」について考えを巡らせているが、ホテルはときに広大なパンパで打ち捨てられた牧場のように見える。続いて彼は、自身のフーリガンのメンバーか威嚇役とおぼしき「二人の黒人ボディガード」とともにアルゼンチン航空の便でメキシコへ飛ぶ。メキシコ滞在中は、見るからに物騒なバーを巡り、混血の破壊的効果を本場で確認することになるが、スキアッフィーノのなかに「廃墟の塔に棲むかたつむり王子」を見る「メキシコの酔っ払い」とはたいていうまくいき、白と青の代表チームを追いかけて安宿と都市の間を移動していく。アルゼンチン代表は最後に華々しい勝利を飾る。スキアッフィーノはアステカ・スタジアムの上空に、空飛ぶ円盤のような巨大な発光体を見る。その発光体から透明な存在が何体か、人の顔と燃える毛を持つ犬を金属のリードで引いて連れて出てくるのを見る。スキアッフィーノはまた、広大な空に「長さ約三〇メートルの」指が、警告するように何かを、おそらくある方角か、単に雲を指し示しているのを見る。祝勝パーティーはメキシコの首都の「凍った洪水の」通りという通りで続き、それが終わると、〈デブ〉は疲れ果てて気を失い、メキシコの安ホテルで孤独のなかに戻る。

一九八八年、今回はコピーを綴じた冊子の形で短篇『ダチョウ』を五十部発行する。これはクーデターを起こした軍人たちに捧げる一種のオマージュで、秩序、家族、祖国を明らかに賞賛しているにもかかわらず、痛烈で残酷かつスカトロジー的であると同時に、たがの外れた、戯画的で、パロディ風で、不敬なユーモア、一口に言えばスキアッフィーノ的作風がいくらか、避けがたく表われている。翌年、『アルヘンティーノ・スキアッフィーノ傑作集』という、詩、短篇、政治的文章を精選した、出版社名も刊行年月日も記載されていないアンソロジーが出版される。だが専門家は直ちに、一九六五年から二〇〇〇年にかけてブエノスアイレスの出版界に繰り返し現われては消えた、奥義伝授を使命とする出版社アルゼンチン第四帝国社が作った本ではないかと疑った。

彼はアルゼンチンのマスメディアの間で次第にある種の名声を獲得していく。フーリガンを特集したテレビ番組に出演し、名誉、正当防衛、仲間意識の必要性、路上での乱闘がもたらす純粋で単純な歓びといった理由について論じ、フーリガンが暴力を振るう権利を主張した最初の人間となる。彼は被告から告発者に変わる。ラジオの討論番組に呼ばれ、テレビ出演も増え、より多様なテーマ、すなわち財政政策、ラテンアメリカのまだ歴史の浅い民主主義の衰退、ヨーロッパの音楽シーンにおけるタンゴの未来、ブエノスアイレスのオペラ事情、手が届かないファッション、地方における公教育、大多数のアルゼンチン人が祖国の国境がどこにあるか知らないこと、国産ワイン、優良産業の民営化、F1グランプリ、テニスとチェス、ボルヘスやビオイ＝カサレス、コルタサル、ムヒカ＝ライネスの作品（それまで彼は一度も読んだことがないと言いながら、彼らに対し大胆な結論を下している）、ロベルト・アルルトの生涯（「完全に敵対するグループで激しく戦っている」にもかかわらず、彼には一目置くと言っている）、国境問題、失業を一掃するための対策、暴力を伴わない犯罪と路上での犯罪、アルゼンチン人の持ち前の創造力、アンデス地方の製材工場、シェイクスピアの作品などについて話す。

一九九〇年、ワールドカップ・イタリア大会を観戦しに行くが、他のアルゼンチン人サポーター三十名とともに潜在的危険外国人と見なされる。〈デブ〉はあらかじめ、英国のフーリガンと顔を合わせて、マルビーナス諸島で戦死した人々のためのミサからなる和解の儀式を行ない、そのあと野外でバーベキューを催したいとの意思を表明していた。すべては意思の表明以上のものではなかったにもかかわらず、そのニュースは世界中に広まり、アルゼンチンに帰国したときには、スキアッフィーノの名声はかなり増している。

一九九一年、詩集を二冊出す。そのうち『チュミチュリ・ソース』（私家版、四〇ページ、一〇〇部）は、レオポルド・ルゴーネスとルベン・ダリオの出来のよくない模倣で、ときおり純然たる剽窃が見られ、彼がなぜそれを書いたのか、とりわけなぜそれを出版したのか理解できる者はほとんどいない。もうひとつの『鉄の船』（ラ・カスターニャ社、五〇ページ、五〇〇部）は、三十篇の散文詩からなり、男同士の友情という現象を中心的テーマとしている。この本の必然的帰結、友情は危険にさらされてこそ鍛えられるという陳腐な箴言は、〈デブ〉がその後数年間で経験することを先取りしているようだ。一九九二年、自身の率いるフーリガンの大群の先頭に立ち、リーベル・プレートのサポーターが乗ったバスを公道の真ん中で襲撃した結果、銃の発砲による死者二名と多数の負傷者が出る。裁判所から逮捕令状が出され、アルヘンティーノ・スキアッフィーノは姿をくらます。彼はいくつかのラジオ局に電話し、身の潔白を声高に主張する一方、リーベルのサポーターが犠牲になった襲撃のことは非難しない。だが、後悔したフーリガンをひとりならず含む多くの目撃者は、襲撃が行われたとき、その付近で彼を見たと証言する。マスコミはまもなく事件の首謀者として彼を名指しする。ここから〈デブ〉の人生における、曖昧模糊とした、あらゆる種類の推測と神秘化にもってこいの時期が始まる。

司法の手を逃れている間、彼が一ファンとしてスタジアムでチームを応援していたことが、自ら撮らせた写真からわかる。フーリガン・グループのなかでもスキアッフィーノ兄弟と初期のころから行動をともにした者たちは、狂信的とも言える献身ぶりを発揮して彼を守る。スキアッフィーノの逃亡生活は、若者たちの間に賞賛の念を引き起こす。少数ではあるが彼の書いたものを読む者もいれば、彼を模倣し、彼の文学的手法に倣う者もいるが、〈デブ〉を真似ることは不可能である。

一九九四年、ワールドカップ・アメリカ大会の開催期間中に、ブエノスアイレスのスポーツ紙のインタビューを受ける。そのとき〈デブ〉はどこにいたのか？ ボストンである。たちまち大騒動となる。アルゼンチンの記者たちは、自分たちが対象とされ、彼らによればプロとしての誇りを傷つける警備体制に不信の念を抱き、アメリカの警察の配備を笑いものにした。他のラテンアメリカ諸国の記者、そしてスペイン、イタリア、ポルトガルの一部の記者はそうした愚弄をメディアを通じて広めた。ニュースはワールドカップが生んだ数多くのエピソードのひとつとして世界を巡った。ボストン警察とＦＢＩは捜査に乗り出すが、スキアッフィーノはすでに姿を消している。

彼の所在は、長い間不明のままとなる。フーリガンたちもリーダーの行方については何も知らないことを公に認めるが、ついにスコッティ＝カベージョが獄中で、アメリカの切手が貼られ、フロリダ州オーランドの消印が押された〈デブ〉の *Terra autem erat inanis*（地は混沌なり）と題された長い書簡詩を受け取る。モラサン博士が、ボカのサポーターに購読を義務づけることで緊急出版したその書簡詩は、リズミカルな自由行で、大陸の両端にあるアメリカの空間とアルゼンチンの空間を比較することから始まり、続いて、当時スコッティ＝カベージョが二年の刑期に服していたことを明らかに暗示する、「作者とその友人たちが」「熱狂と無邪気さ」のおかげで知った刑務所の記憶が仔細に語られ、最後はさまざまな脅威、取り戻された幼年期の牧歌的光景（母親、できたてのパスタの匂い、食卓を囲む兄弟の笑い声、プラスチック製のボールで日が暮れるまでサッカーをして遊んだ空き地）、スキアッフィーノの後期の詩の特徴である不敬でくどい冗談で終わる。

一九九九年まで、彼についてそれ以上のことは何もわからない。フーリガン・グループは完全な、おそらくは誠実な沈黙を守った。モラサン博士の仄めかし、謎めかした物言い、どちらともとれる言葉にもかかわらず、アルゼンチンでは〈デブ〉の行方について知る者は誰もいなかったという可能性が最も高い。すべては憶測である。それでも、一九九八年、頑固なフーリガンたちは、青と白のユニフォームを着たサポーターをいつものように鼓舞する彼に会えるだろうと確信して、ワールドカップ・フランス大会に向かう。現実は大きく違っていた。この時期、〈デブ〉は第一の情熱の対象と縁を切り、もっぱら第二の対象に情熱を注いでいた。手当たり次第にありとあらゆる本、とりわけ歴史書、犯罪小説、ベストセラーを読み、決して初歩より先に進むことはなかったが英語を学び、ニュージャージー出身で彼より二十歳年上のアメリカ人女性マリア・テレサ・グレコと結婚し、そのおかげでアメリカ市民権を取得する。フロリダ南部の小さな町ベレスフォードに住み、キューバ人が経営するレストランで、カウンターの主任として働く。初の長篇となる五〇〇ページほどの推理小説を急がずゆっくりと書き始める。ストーリーは何年にもわたり、さまざまな国で展開する。彼の習慣はすっかり変わった。今や秩序を重んじる人間となり、その振る舞いはどこか修道士を思わせる。

一九九九年、先に述べたように、彼はふたたび自分がまだ生きていることを知らせる。すでに自由の身となり、フーリガンとサッカーの騒然とした世界からほとんど身を引いていたスコッティ＝カベージョのもとに〈デブ〉から、今度は手紙ではなく電話で連絡が来る。スコッティは仰天する。時の経過にもかかわらずかつてと変わらない〈デブ〉の声は、最初のころと変わらぬ熱っぽさで次から次へとさまざまな計画や報復について語ったが、スコッティに恐怖を感じさせたのは、まるで時間が止まってしまったかのようだったことである。彼がもはやボカのフーリガンのリーダーではないことを告げても、スキアッフィーノはうろたえる様子もない。彼には指示することがいくつかあり、スコッティがそれに従うことを望む。まず、サポーターたちに彼が生きていると知らせること、第二に、彼の帰還を大々的に宣伝すること、第三に、彼の偉大なるアメリカ小説のスペイン語版を出せる出版社を探しておくこと……。

スコッティ＝カベージョは託された任務を、三つ目を除いてすべて果たす。というのも、アルゼンチンには〈デブ〉の文学作品に興味を抱く者などいないからだ。むしろ約束を果たさなかったのはスキアッフィーノのほうで、自分の帰還を期待させておきながら――多くの信奉者が期待したわけではないとしても――とりつく島もない沈黙にふたたび身を沈めてしまう。

二〇〇二年、ワールドカップ・日本大会の開催期間中に、大阪スタジアムを双眼鏡で偵察していたアルゼンチン人サポーターの何人かが、サウスエンドに近いサイドスタンドに彼の姿を見たと思う。彼らは目を疑いながらも大喜びで彼の席に向かうが、着いてみると彼の姿はもはやなかった。三年後、タンパのブカネロス社が彼の『あるアルゼンチン人の思い出』（三五〇ページ）を出版する。ギャング、カーチェイス、絶世の美女、迷宮入り殺人事件、私立探偵や誠実な警官たちがたむろするバー、ゲットーでの冒険、汚職政治家、脅迫を受ける映画スター、ブードゥー教の儀式、産業スパイ等々に満ちた作品である。この本は、少なくともアメリカ南部のヒスパニックのコミュニティーである程度の成功を収める。

そのころまでにスキアッフィーノは妻と死別、再婚する。いくつかの情報筋によると、彼はクー・

クラックス・クラン、米国キリスト教運動、〈アメリカ再生〉のグループと繋がりがあったという。だが、実際にはビジネスと文学に専念していた。マイアミ地区に二軒のバーベキュー・レストランを所有し、内容については固く口を閉ざしていたものの、執筆中の代表作を仕上げることに相変わらず固執していた。

二〇〇七年、私家版の散文詩集『悔恨の騎士』を刊行する。そこでは曖昧な、あるいは故意に難解な調子で、逃亡者としてやってきてから、この本が捧げられている三人目の妻エリザベス・モレーノに出会うまで、北米大陸で経験したいくつかの冒険が語られている。

二〇一〇年、執筆が約束されて以来刊行が長らく待ち望まれていた小説がついに世に出る。タイトルは簡潔だが示唆に富む。『宝』である。筋立てにはほかならぬアルヘンティーノ・スキアッフィーノ自身の思い出が、ほとんど脚色もなしに用いられている。彼は自らの人生を語り、分析し、仔細に検討し、よい点と悪い点を判断し、正当化できる理由を探し求め、見出す。五三五ページを通じ、読者は著者の人生の知られざる面を知っていく。なかにはそれこそ驚くべきこともあるが、概してスキアッフィーノの暴露は、どちらかと言えば家庭内の領域に集中している。たとえば子供ができないために、エリザベスと彼はトミーという名の六歳のアイルランド人の男の子と、シンシアという名の四歳のメキシコ人の女の子を養子に迎えるが、この女の子には〈デブ〉の希望でエリザベスというミドルネームがつけられる、等々である。政治に関しては、スキアッフィーノは自分の立場を明らかにしている。彼なりに明らかに、ということである。右翼でもなければ左翼でもない。黒人の友人もいれば、クー・クラックス・クランの友人もいる（本に収録されている写真のなかにひとつ、裏庭でバーベキュー・パーティーをやっているところを写したものがある。そこにいる人々は、クー・クラックス・クランの頭巾とガウンを身に着けているが、スキアッフィーノだけはコックの格好で、余った白い頭巾を首の汗を取るために使っている。独占、とりわけ文化の独占に反対である。家族を信じているが、「男性固有の自然な」娯楽の必要性も信じている）。国籍を取得したアメリカを信じる一方、改善すべきこと――リストは長いがつまらない内容である――を数え上げてもいる。

アルゼンチン時代の生活、とりわけフーリガン・グループへの活発な参加に捧げられた章は、アメリカでの体験を解説した章と比べれば重要ではない。歴史的に不正確な内容も見られるが、それらは混乱したメタファーとして、おそらく何らかの真実を含んでいるのだろう。たとえば、彼はマルビーナス戦争に一兵卒として参加し、さまざまな戦闘での働きによってサン・マルティン勲功章と軍曹の階級章を得たことになっている。グース・グリーンの戦いの描写は、ブラックユーモアを感じさせる細部に富んでいるが、厳密に軍事的な観点からすると、真実味に乏しいという欠点がある。長らくボカのフーリガンを率いてきたことについてはほとんど触れていない。アルゼンチンで彼の著作に大きな関心が払われたことは一度もないことについては不平を漏らしている。逆にアメリカ生活については、虚実とりまぜて生き生きと詳細に語られている。多くの章が女性に捧げられている。なかでも二人目の妻で「自分の図書室の」扉を彼に開いてくれた「愛しの懐かしき伴侶」が名誉ある座を占めている。スポーツのなかで興味があるのはボクシングだけで、ボクシングの世界で活動する人々が直接の素材となっている。イタリア人、キューバ人、憂いに満ちた黒人の老人、すべて友であり、彼は全員にたっぷり話させ、物語らせている。

『宝』の刊行後、スキアッフィーノの人生は軌道に乗ったように見えるが、実はそうではない。経営の失敗か悪い友人が原因で破産し、二軒のレストランを失ってしまう。その後まもなく離婚する。二〇一三年、フロリダを離れてニューオーリンズに落ち着き、その地でレストラン〈アルゼンチンの田舎家〉の支配人として働く。この年の末にニューオーリンズで最後の詩集『デルタで聞いた物語』を私家版で出す。これは憂いに満ちていながら言語道断のジョーク集で、ボカ時代の最良の詩の延長線上にある。二〇一五年、理由は不明だがニューオーリンズを離れ、その数か月後、デトロイトの賭博場の裏庭で、ひとりまたは複数の見知らぬ人間に殺される。

忌まわしきラミレス=ホフマン

カルロス・ラミレス＝ホフマン

一九五〇年サンティアゴ・デ・チレ生まれ―一九九八年スペイン、リュレット・ダ・マル没

忌まわしきラミレス＝ホフマンの経歴は、一九七〇年か七一年、サルバドール・アジェンデがチリ大統領だったときに始まったはずである。

南部の都市コンセプシオンで、彼がフアン・チェルニアコフスキーの創作教室に通ったことはほぼ間違いない。そのころ、彼はエミリオ・スティーブンスと名乗り、詩を書いていて、チェルニアコフスキーが彼の詩を批判することはなかったものの、教室のスターはナシミエントの詩人、マリア・ベネガスとマグダレナ・ベネガスの双子の姉妹で、年齢は十七歳かもしかすると十八歳、片方は社会学、もう片方は心理学を学ぶ学生だった。

エミリオ・スティーブンスはマリア・ベネガスと付き合っていた（「付き合う《ポレアル》」という言葉に僕は鳥肌が立つ）が、実際にはしばしば姉妹両方と出かけ、映画や演劇を観に行ったり、講演を聴きに行ったりするだけのことであり、ときにはベネガス姉妹の車、白いフォルクスワーゲン・ビートルで、

海岸に行って太平洋に沈む夕日を眺め、皆でマリファナを吸った。ベネガス姉妹は他の男たちとも付き合っていただろうし、スティーブンスも他の相手と付き合っていただろう。あのころは、皆が皆と付き合い、皆が皆のすべてを知っていると思っていたが、すぐに判明したように、それはひどく馬鹿げた思い込みだった。ベネガス姉妹はなぜ彼と関わったりしたのだろう？ それはさして重要でない謎であり、日常的な偶然の出来事にすぎない。たぶんスティーブンスと名乗る男はハンサムで、知的で、繊細だったのだろう。

一九七三年九月のクーデターの一週間後、混乱をきわめるなかで、ベネガス姉妹はコンセプシオンのアパートを出て、ナシミエントの実家に帰った。姉妹はそこで叔母と暮らした。画家夫婦だった両親は、娘たちが十五歳になる前に亡くなったが、ビオビオ州に家と若干の土地を残してくれたおかげで姉妹は何不自由なく暮らすことができた。二人はよく両親の話をし、自分たちの詩のなかに、絶望的な作品と絶望的な愛に身を投じてチリ南部に消えた架空の画家夫妻をしばしば登場させた。あるとき、一度だけだが、僕は二人の両親の写真を見る機会があった。父親は浅黒く痩せていて、ビオビオ川のこちら側で生まれた者だけが持つ悲しげで当惑した顔をしていた。母親は夫より背が高くて肉づきがよく、優しく自信に満ちた笑顔を見せていた。

さて、姉妹はナシミエントに行き、実家にこもった。それは町で一番大きな家のひとつで、郊外に建っていた。かつて父方の一族のものだったその木造二階建ての家には部屋が七つ以上あり、ピアノもあり、双子をあらゆる害悪から守る叔母の力強い存在があったが、ベネガス姉妹はいわゆる臆病な娘だったわけではなく、むしろ正反対だった。

そしてある日、二週間後か一か月後に、エミリオ・スティーブンスがナシミエントに現われる。そのようなことが起きたに違いない。ある晩、もしかするとそれより早く、春たけなわの南部の物憂い日暮れ時に、扉を叩く者がいた。それがエミリオ・スティーブンスである。ベネガス姉妹は彼との再会を喜び、質問攻めにし、夕食に誘い、泊まっていってもかまわないと言う。そして食後のひとときに、たぶん詩を読むが、スティーブンスはそうせず、彼は何も読みたがらず、今新しいのを書いているところなんだと言って微笑むと、何やら謎めいた態度を取る、あるいはもしかすると微笑みもせず、読みたくないと素っ気なく言い、姉妹はうなずく。無邪気な二人は彼が何を考えているのか理解したと思うが、何も理解してはいない。が、理解したと思い、自分たちの詩を読む。とても出来がよく、濃密で、ビオレタ・パラとニカノール・パラとエンリケ・リンの混交物、そんな混交が可能であるならの話だが、ジョイス・マンスールとシルヴィア・プラス、アレハンドラ・ピサルニクをブレンドした悪魔の酒《チュピルカ・デル・ディアブロ》、一日に別れを告げるのに最適のカクテル。一九七三年のある日はそうして必然的に過ぎ去るが、その夜、エミリオ・スティーブンスは夢遊病者のように起き上がる、マリア・ベネガスと寝ていたのかもしれないし、そうではなかったかもしれないが、確かなのは、夢遊病者のようにむっくり起き上がり、車のエンジンの音が家に近づいてくるのを聞きながら姉妹の叔母の部屋に行き、叔母の首を切り落としたことである。いや、胸にナイフを突き立てたのだ、そのほうが汚れないし早い、彼は叔母の口をふさぎ、ナイフを心臓に突き刺す、それから階下に下り、扉を開けると、チェルニアコフスキーの詩の教室のスターの家に二人の男が入ってくる、忌々しい夜が家に入ってきて、その後すぐまた出ていく、夜が入り、夜が出ていく、素早く仕事を終えて。

そして死体はない、あるいはひとつだけ、何年かのちに、共同墓地で、死体がひとつ、マグダレナ・ベネガスの死体が見つかるが、あたかもラミレス＝ホフマンが人であって神ではないことを証明するかのように、発見される死体は彼女のものだけである。そのころ、行方不明になった人はもっとたくさんいる、南部のユダヤ系詩人、ファン・チェルニアコフスキーも行方不明になる、あのアカのろくでなしは行方不明になって当然だと誰もが思ったが、チェルニアコフスキーはその後、ロシア系ユダヤ人と思われる叔父同様、アメリカ大陸のありとあらゆる紛争地にふたたび現われ、ニカラグア、エルサルバドル、グアテマラで、俺はここにいるぞ、畜生どもめ、チリ南部の森で生まれた最後のユダヤ人ボリシェヴィキだと言うように、片手にライフルを握り、片方の拳を突き上げる姿はチェルニアコフスキー伝説となり、世界を巡るチリ人の範となるが、ついにある日、永久に姿を消す、おそらくエルサルバドルのFMLNの最後の攻撃の最中に斃れたのだろう。また、もうひとりのコンセプシオン出身の詩人、マルティン・ガルシアも行方不明になる。医学部に詩の教室を持ち、チェルニアコフスキーの友人でライバルだった、二人はいつも一緒で、たとえチリの空が粉々に砕けて降ってきても、詩について議論を交わし続けただろう、チェルニアコフスキーは長身で金髪、マルティン・ガルシアは背が低く黒髪で、チェルニアコフスキーがラテンアメリカ詩の領域で活動したのに対し、マルティン・ガルシアはチリでは彼以外に誰も知らないフランスの詩人を翻訳していた。そのことが多くの人々の大きな怒りを買った。あんなちびで醜いインディオがどうしてアラン・ジュフロワやドニ・ロシュ、マルセラン・プレネの詩を訳したり彼らと文通したりできるんだ？　ミシェル・ビュルトー、マチュー・メサジエ、クロード・プリユー、フランク・ヴナイエ、ピエール・ティルマン、ダニエル・ビガ、こいつら一体何者だ？　それに、ドゥノエル社から出たジョルジュ・ペレックとかいう奴の本をガルシアの馬鹿はどこにでも持ち歩いてるが、そいつのどこがすごいんだ？　マルティン・ガルシアの不在を寂しがる者はいなかった。彼の死を喜んだ者は多かったことだろう。それを今こうして書いているのが嘘のようだ。だがガルシアは、チェルニアコフスキー（もちろん二人は二度と会うことはない）と同じく、ヨーロッパで亡命者としてふたたび現われる。最初は東ドイツだが、彼は早々にこの国を出る。次はフランスで、そこではスペイン語を教え、非売品の出版物のために、主に二十世紀初頭のラテンアメリカに現われた、数学的あるいはポルノ的テーマに取り憑かれた何人かの風変わりな作家の翻訳をこなし、糊口を凌いだ。その後、マルティン・ガルシアも殺されるが、それはこの物語とは関係のない別の物語だ。

そのころ、人民連合の貧弱な権力構造が空中分解するなかで、僕は投獄された。留置所に連行されたときの状況は、グロテスクというのでなければありきたりなものだったが、そのおかげで僕はラミレス＝ホフマンの最初の詩的行為に立ち会うことができた。ただし、そのときはまだラミレス＝ホフマンが何者か知らなかったし、ベネガス姉妹がどのような運命をたどったかも知らなかった。

それはある日の夕暮れ時に起きた――ラミレス＝ホフマンは黄昏が好きだった――、そのとき僕たちは、コンセプシオン郊外のタルカウアノに近いラ・ペーニャ留置所にいて、その急ごしらえの刑務所の中庭で、退屈をまぎらすために、他の囚人たちと一緒にチェスをやっていた。少し前まですっかり晴れ渡っていた空に、西から東に向かって雲の細長い筋が見え始めた。針か煙草のような雲は、初めは白黒だったのがやがてピンク色に染まり、最後は輝く朱色に変わった。雲を眺めていた四人は僕だけだったと思う。それからゆっくりと、雲の間から飛行機が姿を現わした。古い飛行機だ。最初は蚊ほどの大きさの染みだった。音はしなかった。海のほうからやってきて、少しずつコンセプシオンに近づいてきた。町の中心部の方角に向かっていた。雲と同じくらいゆっくりと進んでいるように見えた。僕たちの頭上を通過したとき、壊れた洗濯機のような音を立てていた。それから機首を上げてふたたび上昇すると、もうコンセプシオン中心部の上空を飛んでいた。そこで、その高度で、空に詩を書き始めた。黒ずんだ灰色の煙がピンクがかった青い空に描く文字は、それを眺める者の目を凍りつかせた。JUVENTUD……JUVENTUD（若者よ……若者よ）と僕は読んだ。僕の印象では――妙に確信めいていた――それは校正刷りだった。そこで飛行機は僕たちのほうへ戻ってくると、もう一度旋回し、ふたたび頭上を通過していった。今度の詩ははるかに長く、パイロットは相当の熟練を要したにちがいない。IGITUR PERFECTI SUNT COELI ET TERRA ET OMNIS ORNATUS EORUM. 一瞬、機体がアンデス山脈の方角の地平線に消えたように見えた。だが戻ってきた。囚人のひとりで、ノルベルトという名の発狂しかかっていた男が、僕たちの中庭と女囚たちの中庭を隔てる塀によじ登ると叫びだした。あれはメッサーシュミットだ、ドイツ空軍の戦闘機メッサーシュミットだ。他の囚人も全員立ち上がった。夜僕たちが寝る体育館の入口で、二人の監視兵が話すのをやめて、空を見上げていた。狂人ノルベルトは塀にしがみついたまま笑い声を上げ、第二次世界大戦が地球に戻ってきたと叫んだ。俺たちの出番だ、チリ人が戦いを受け入れる時が、歓迎する時が来たと彼は言った。飛行機はコンセプシオンに戻ってきた。BUENA SUERTE PARA TODOS EN LA MUERTE.（すべての死者に幸いあれ）と僕にはどうにか読めた。一瞬、もしノルベルトが逃げようとしても、誰も阻みはしないだろうと思った。彼を除く全員が、空を仰いだまま、じっと動かずにいた。それほど悲しい光景を僕は見たことがなかった。飛行機は僕たちの頭上をふたたび過ぎ、ちょうど一周し終えたところで上昇し、コンセプシオンに戻っていった。なんてパイロットだ、とノルベルトが言った。まさにハンス・マルセイユの生まれ変わりだ。僕は読んだ。DIXITQUE ADAM HOC NUNC OS EX OSSIBUS MEIS ET CARO DE CARNE MEA HAEC VOCABITUR VIRAGO QUONIAM DE VIRO SUMPUTA EST. 最後の文字は東のほうで、ビオビオ川の上流のほうにかかる雲のなかに消えていた。飛行機そのものも見えなくなっていき、一瞬のうちに空から消え去った。すべては幻か悪夢のようだった。何て書いたんだ、兄弟、とロタの鉱山労働者が言うのが聞こえた。さっぱりだ、と皆が彼に答えた。他の男が、でたらめさ、と言ったがその声は震えていた。体育館の入口の監視兵は増えていて、今では四人になっていた。ノルベルトは僕の前で、両手で塀にしがみついたままこうつぶやいた。こいつは電撃戦か、さもなきゃこっちが狂ってるかだ。それから深いため息をつき、落ち着いたように見えた。そのときまた飛行機が姿を現わした。海からやってきたのだ。僕たちはその前に飛行機が旋回するところを見ていなかった。ああ神様、われらの罪をお許しください、とノルベルトが言った。大声だったので他の囚人たちや監視兵にも聞こえ、皆大笑いした。けれど、誰も心の底では笑いたい気分ではないことが僕にはわかった。飛行機は僕たちの頭上を飛び去った。空は暗くなり始め、雲はもうピンク色ではなく黒ずんでいた。コンセプシオンの上空に来たとき、飛行機のシルエットはほとんど見えなかった。今度は単語を三つ書いただけだった。APRENDAN DEL FUEGO.（炎から学べ）文字はあっという間に宵闇に紛れ、そして消えてしまった。しばらくの間、誰も口を利かなかった。口火を切ったのは監視兵だった。僕たちに一列に並ぶように命じ、毎晩僕たちを体育館に閉じ込める前にするように点呼をとり始めた。あれはメッサーシュミットだったよ、ボラーニョ、神に誓ってもいい、とノルベルトは、皆が体育館に入るとき僕に言った。きっとそうだろう、と僕は応じた。しかもラテン語で書いてあった、とノルベルトは続けた。ああ、だけど一言もわからなかった、と僕は言った。俺はわかった、とノルベルトは言った。アダムとイブのこと、聖ビラーゴのこと、俺たちの頭のなかにあるエデンの園のことが書いてあった、それに俺たちみんなの幸運を願うってさ。詩人だな、と僕は言った。ああ、礼儀正しいやつだ、とノルベルトは応じた。

冗談であれ詩であれ、何年もあとになって知ったのだが、ラミレス＝ホフマンはあれのせいで一週間ばかり牢屋に入らなければならなくなった。出獄すると、彼はベネガス姉妹を誘拐した。一九七三年の大晦日のパーティーで、彼はまた空中に文字を描いてみせた。エル・コンドル空軍基地の上空に黄昏の星々と見紛う星をひとつ描き、そのあと詩を書いたのだが、判読できた上官はひとりもいなかった。その詩のある行ではベネガス姉妹に触れていた。最後まで読んだ者がいれば、二人がすでに死んでいるとわかっただろう。別の行ではパトリシアという女性に触れていた。射撃手見習い、とそこには書かれていた。彼が煙を出して文字を書くのを眺めていた将官たちは、恋人か女友達、あるいはタルカウアノの娼婦か誰かの名前だろうと考えた。一方、彼の友人のなかには、ラミレス＝ホフマンは死んだ女たちの名前を挙げて霊を呼び出しているのだと気づいた者もいた。同じころ、彼はさらに二つの航空ショーに参加した。ラミレス＝ホフマンは同期生のうちで最も頭がいいが最も衝動的でもあると噂されていた。ホーカーハンターや戦闘ヘリコプターを難なく操縦することができたが、彼が最も好んだのは、発煙筒を積んだ古い飛行機に乗って祖国の虚空に舞い上がり、巨大な文字で自分の悪夢（それは僕たちの悪夢でもあった）を書くことで、やがては風に吹き消されて見えなくなるのだった。

一九七四年、彼はひとりの将官を説得し、南極に向けて飛んだ。それは困難な飛行で、何度となく離着陸を繰り返したが、着陸したすべての場所で空中に詩を書いた。彼のファンはそれを、チリ民族にとっての新たな鉄器時代の詩だと言った。そこにはあの文学的に引っ込み思案で自信のないエミリオ・スティーブンスを思わせるものは何もなかった。ラミレス＝ホフマンは自信と大胆さを体現していた。プンタ・アレナスからアルトゥーロ・プラット南極基地までの飛行は危険に満ち、何度も命を危険にさらした。無事生還し、最大の危険は何だったかと記者たちに訊かれたとき、沈黙のなかを飛び続けることだったと彼は答えた。ホーン岬の大波が飛行機の腹を舐めていた、巨大だが無音の波が、無声映画のなかにいるように。その沈黙はユリシーズを誘惑する人魚《セイレーン》の歌声に似ている、と彼は言った。だがそのなかを雄々しく通り抜けてしまえば、もう悪いことは何も起こらない。南極では何もかもうまくいった。ラミレス＝ホフマンは、LA ANTÁRTIDA ES CHILE.（南極大陸はチリだ）と空中に書き、映画と写真に記録した。その後彼は、狂人ノルベルトによれば第二次世界大戦の戦闘機メッサーシュミットだという自分の小さな飛行機に乗って、ひとりでコンセプシオンに戻ってきた。

彼は名声の絶頂にあった。サンティアゴから、首都で何か話題になりそうなこと、新政権が前衛芸術に興味を持っていることを示せるように何か人々を驚かせることをしてほしいという依頼があった。ラミレス＝ホフマンは喜んで首都に向かった。彼は空軍士官学校の同期生のアパートに泊まり、昼間はリンドストロム大尉飛行場へ行って練習する一方、夜はアパートで、オープニングが空中詩の実演と同じ日になるよう手はずを整えた写真展をひとりで準備した。何年も経ってから、アパートの主は、ラミレス＝ホフマンが展示するつもりだった写真は展覧会の直前まで見せてもらえなかったと証言している。どのような写真だったかという点については、ラミレス＝ホフマンは観客を驚かせることを狙い、それが視覚的で実験的な詩であり、純粋芸術であって、観る者全員を楽しませるものだとしか事前に教えてくれなかったという。もちろん、招待客は限られていた。パイロット、教養のある若い軍人（一番年長の者でもまだ少佐になっていなかった）、三人組の記者、民間人アーティストの小さなグループ、社交界の若い花形（知られているかぎりでは、写真展を訪れた女性はただひとり、タチアナ・フォン・ベック＝イラオラだけだった）そしてサンティアゴに住んでいたラミレス＝ホフマンの父親である。

すべては出だしからつまずいた。航空ショーの当日、夜が明けると、渓谷の南に向かって真っ黒な分厚い雲の大きな塊が積み重なって低く垂れこめていた。上官のなかには飛行を思いとどまらせようとした者もいた。ラミレス＝ホフマンは不吉な前触れを無視した。彼の飛行機は飛び立ち、見物人は、感嘆してというよりもうまくいくことを願いながら、いくつかの小手試しの旋回を見た。それから飛行機は高く舞い上がり、ゆっくりと町の上空を移動しつつあった灰色の雲の広がりのなかへ消えた。そして姿を現わしたのは、飛行場からはるか離れたサンティアゴ郊外の地区だった。彼はそこで最初の一行を書いた。「死とは友情」。それから鉄道の倉庫の上、さらには打ち捨てられた工場らしき建物の上を飛び去り、二つ目の詩行を書いた。「死とはチリ」。続いて中心街のほうへ向かい、モネダ宮殿の上空を過ぎて、三つ目の詩行を書いた。「死とは責任」。何人かの歩行者がそれを見た。暗く険悪な空に浮き上がった一匹の黒いカブトムシ。判読できた者はほとんどいなかった。風が数秒としないうちにそれを吹き消してしまったからだ。飛行場への復路で、彼は四つ目と五つ目の詩行を書いた。「死とは愛」と「死とは成長」。飛行場が見えてくるとこう書いた。「死とは思想共同体」。だが将官やその夫人たち、高級将校、軍の要人、民間人、文化人の誰ひとりとしてその文字を読めなかった。嵐が兆し、空は稲光を放っていた。管制塔からひとりの大佐が急いで着陸するよう要請した。ラミレス＝ホフマンは了解と答えると、もう一度上昇した。そのときサンティアゴの反対側の端に最初の雷が落ち、ラミレス＝ホフマンは次のように書いた。「死とは浄化」。だが出来栄えはあまりにひどく、空模様も怪しくなるばかりだったので、席を立ち、傘を広げ始めていた見物客のうち何が書かれているかを理解できた者はほとんどいなかった。空には子供の落書きのようなものが切れ切れに残っているだけだった。それでも何人かはそれを判読し、ラミレス＝ホフマンは気が狂ったのだと思った。雨が降り出し、見物客は散り散りになった。格納庫のひとつで急ごしらえのパーティーが始まっていて、時間も時間だったうえににわか雨に見舞われたので、誰もが喉の渇きを覚え、空腹を感じていた。カナッペは二十分と経たないうちになくなった。将官や婦人たちのなかにはパイロット詩人の異様なパフォーマンスについて感想を述べる者もいたが、招待客の多くが話題にし、気にかけていたのは、国内の、さらには世界の重要問題だった。その間、ラミレス＝ホフマンはまだ空中にいて、悪天候と戦っていた。一握りの友人と、余暇にシュルレアリスム詩を書いていた二人の記者だけが、第二次世界大戦の映画から切り取ったような光景のなかで、雨に濡れて鏡のように光る滑走路から、嵐の下で小型飛行機の動きをあいかわらず目で追っていた。彼はこう書いた、あるいは書いたつもりだった。「死とはわが心」。次いでこう書いた。「わが心を摑みたまえ」。次いでこう書いた。「われらの変化、われらの強み」。そのあとはもう書くための煙が残っていなかったのだが、それでもこう書いた。「死とは復活」。下にいる者たちには何もわからなかったが、ラミレス＝ホフマンが何かを書いていることはわかり、パイロットの意図を理解し、たとえ読み取れなくとも、未来の芸術にとって重要なイベントに立ち会っていることはわかっていた。

その後ラミレス＝ホフマンは難なく着陸し、管制塔の係官や、まだパーティーの残飯の間を歩き回っていた何人かの高級将校に叱責され、そして彼のサンティアゴ特別上演の第二幕を準備するためにアパートに引き上げたのだった。

これまでのことは、おそらくすべてそのとおりに起きたのだろう。ことによると違うかもしれない。チリ空軍の将官たちは夫人を同伴しなかったかもしれない。リンドストロム大尉飛行場では空中詩リサイタルの催しなど行なわれなかったのかもしれない。もしかするとラミレス＝ホフマンは、誰の許可も取らず、およそありえないことだが、誰にも知らせずに、サンティアゴの空に詩を書いたのかもしれない。ことによると、その日サンティアゴでは雨も降りさえしなかったかもしれない。ことによると、すべては別の形で起きたのかもしれない。とはいえ、アパートでの写真展は以下に述べるような形で開催された。

最初の招待客は午後九時に到着した。十一時には二十人ほどいて、全員かなり酔っていた。来客用の寝室に入った者はまだ誰もいなかった。そこはラミレス＝ホフマンが寝起きしていた部屋で、壁には友人たちの意見に従って選んだ写真が展示されているはずだった。クルシオ・サバレータ中尉は、クーデターによって樹立された政権の初期に自分が取った行動に関する一種の自己批判の書『首に縄を巻かれて』を何年かのちに出すことになるが、彼はその本で、その夜ラミレス＝ホフマンはごく普通に振る舞い、そこが自分の家であるかのように招待客をもてなし、長らく会っていなかった空軍士官学校の同期生たちに挨拶し、その日の朝飛行場で起きたこととの解説に応じ、この手の集まりにつきものの冗談を自分から飛ばし、他人の冗談に耐えていたと語っている。彼はときおり姿を消した（部屋に閉じこもった）が長く席を外すことはなかった。ついに、午前零時きっかりに、彼は静粛を求め、いよいよ新しい芸術に浸るときが来たと（サバレータによれば、一字一句そのとおりに）言った。そして部屋のドアを開け、招待客をひとりずつなかに通した。みなさん、ひとりずつです、チリの芸術は人だかりを認めません。ラミレス＝ホフマンは（サバレータによると）おどけた調子でそう言うと、父親のほうを見て左目で、続いて右目で目配せした。

最初に入ったのは、当然のことながら、タチアナ・フォン・ベック＝イラオラだった。部屋の照明は完璧だった。青や赤の照明はもちろん、特別な照明は一切使われていなかった。外の廊下やさらにその先の居間では、みな会話を続けているか、若者や勝者のような勢いで酒を飲んでいる。煙が、とりわけ廊下に、もうもうと立ち込めている。ラミレス＝ホフマンは戸口に立っていた。トイレの前では二人の中尉が口論していた。ラミレス＝ホフマンの父親は、列を作っているなかで、真顔で直立不動の姿勢を取っている数少ない人々のひとりだった。サバレータは、自身の告白によれば、悪い予感がして落ち着かず、そわそわと行ったり来たりしていた。二人のシュルレアリストの記者は、アパートの主と話していた。サバレータはある瞬間、会話の断片を聞き取ることができた。二人は旅行、地中海、マイアミ、熱帯の海岸、豊満な女たちのことを話していた。

一分と経たないうちにタチアナ・フォン・ベックが出てきた。顔は青ざめ、こわばっていた。彼女はラミレス＝ホフマンを見ると、トイレに行こうとした。だが間に合わず、廊下で吐いてしまった。それから、ひとりで帰りたいと言い張ったにもかかわらず、付き添おうと慇懃に申し出た将校に助けられ、よろめきながらアパートを出た。二番目に入ったのはある大佐だった。彼はなかなか出てこなかった。ラミレス＝ホフマンは半開きの戸の脇で、ますます満足そうに微笑んでいた。居間では何人かが、いったいタチアナはどうしたのだろうと訝っていた。酔っぱらっただけさ、とサバレータの知らない声が言った。誰かがピンク・フロイドのレコードを掛けた。男同士では踊れない、これじゃホモの集会みたいだと誰かが言う。シュルレアリストの記者たちが内輪でひそひそ話をしている。ひとりの中尉が今すぐ娼家に繰り出さないかと提案する。だが廊下では、まるで歯医者か悪夢の待合室のように、ほとんど口を利く者はいない。ラミレス＝ホフマンの父親が他の人々を押しのけて部屋に入った。アパートの主があとに続いた。アパートの主はほとんど間をおかずに出てくると、ラミレス＝ホフマンを面と向かって見据えた。一瞬、彼を殴りそうに見えたが、背中を向けると、飲み物を探しに居間に向かった。それを皮切りに、サバレータを含め、全員が寝室に雪崩れ込んだ。中尉はベッドに腰掛け、煙草を吸いながらキャプションを読んでいたが、落ち着いて読むことに集中しているように見えた。ラミレス＝ホフマンの父親は、部屋の壁と天井の一部に飾られた何百という写真のうちのいくつかを眺めていた。サバレータにはなぜそこにいるのかわからなかったが、ひとりの士官候補生が泣きだし、罵り始めたので、皆は彼を引きずり出さなければならなかった。シュルレアリストの記者たちは不快な顔をしていたが、平静を保っていた。すぐに誰もが無言になった。聞こえていたのはある酔った中尉の声だけだったとサバレータは記憶している。中尉はラミレス＝ホフマンの部屋に入らず、居間から電話をかけていた。彼は恋人と言い争いをしていて、はるか昔にしでかした何かについて支離滅裂な言葉で謝っていた。残りの客は黙って居間に戻り、何人かはろくに挨拶もせずにそそくさと帰ってしまった。

その後、中尉は皆を部屋の外に出させ、ラミレス＝ホフマンとともに三十分閉じこもった。サバレータによれば、アパートにはまだ八人ほど残っていた。ラミレス＝ホフマンの父親は特に心を痛めているふうでもなかった。アパートの主は肘掛椅子に深々と座り、恨みがましい目つきで父親をじっと見ていた。よろしければ、とラミレス＝ホフマンの父親は言った。息子を連れていきますが。いいえ、とアパートの主は応じた。息子さんは私の友人です。われわれチリ人にとって友情は何よりも大切ですから。彼はすっかり酔いが回っていた。

二時間後、諜報部の軍人が三人やってきた。ラミレス＝ホフマンを逮捕するのだろうとサバレータは思ったが、彼らは部屋から写真を片づけただけだった。中尉は三人と一緒に出ていき、しばらくの間、何と言ったらいいか誰にもわからなかった。やがてラミレス＝ホフマンが寝室から出てきて窓辺に立ち、煙草を吸い始めた。サバレータの記憶では、居間は、今や略奪にあった巨大な肉屋の冷蔵庫のようだった。逮捕状は出ているのか？　とようやくアパートの主が訊いた。そうらしい、とラミレス＝ホフマンは皆に背を向け、窓からサンティアゴの光を、サンティアゴのわずかな光を見つめながら言った。父親は、これからしようとすることをためらっているかのように、見ていて苛立たしくなるほどゆっくり近づくと、やっと息子を抱擁した。その短い抱擁に、ラミレス＝ホフマンは応えなかった。人っていうのは大げさだな、と火の消えた暖炉の脇にいたシュルレアリストの記者のひとりが言った。口を慎めよ、とアパートの主が応じた。で、これから何をしようか、とひとりの中尉が言う。酔い覚ましに一眠りしよう、とアパートの主が言った。サバレータはその後二度とラミレス＝ホフマンに会うことはなかった。しかし、最後に見た彼の姿は忘れることができなかった。散らかった広い居間、青白い顔でぐったりしている一群の人々、そして疲れも見せずに窓辺に立ち、しっかりした手つきで片手にウイスキーのグラスを持って、夜景を眺めているラミレス＝ホフマン。

その夜以来、ラミレス＝ホフマンに関するニュースは錯綜し、互いに相容れないものになり、絶えず変化するうえに霧に包まれているチリ文学のアンソロジーに、龍のような気品とともに登場しては消える。どうやら空軍からは追放されたらしく、彼と同世代で途方もない頭脳の持ち主たちは、彼がサンティアゴ、バルパライソ、コンセプシオンをうろついて、さまざまな仕事に就き、奇妙なアートの企画に参加するのを目にする。彼は名前を変える。複数の短命な文芸誌に関わり、ハプニングの企画を載せるが、決して実現しないか、さもなければこっそりと実現される。ある演劇雑誌にオクタビオ・パチェーコという署名で短い戯曲が掲載されるが、作者について何か知っている者はいない。その作品は奇妙奇天烈で、シャム双生児の世界で展開し、そこではサディズムとマゾヒズムが子供の遊びになっている。噂によると、ラミレス＝ホフマンは南米と極東のいくつかの都市を結ぶある民間航空会社のパイロットとして働いていた。靴屋の店員でかつてチェルニアコフスキーの創作教室の生徒だった詩人、セシリオ・マカドゥクは、国立図書館で偶然見つけた私書箱のおかげで、彼の足跡をたどることができた。その図書館には、エミリオ・スティーブンスの名で二篇のみ発表した詩作品が、ラミレス＝ホフマンの空中詩を記録した写真、オクタビオ・パチェーコの戯曲とアルゼンチン、ウルグアイ、ブラジル、チリのさまざまな雑誌に載ったテクストとともにあった。マカドゥクは仰天する。一九七三年から八〇年の間に発行されながら彼が聞いたこともなかったチリの雑誌を、少なくとも七誌見つけたのだ。さらに『ファン・サウエルへのインタビュー』と題された八つ折版で表紙が茶色の薄い本も見つける。その本にはアルゼンチン第四帝国社と印刷されていた。まもなく、インタビューで写真と詩に関する質問に答えているのはラミレス＝ホフマンであるとわかる。回答のなかで彼は、アートについての自分の理論をおおまかに説明している。マカドゥクによれば、期待外れだという。それでも、チリおよび南米のいくつかの文芸サークルでは、彼が詩の分野に稲妻のごとく残した足跡は、ある種のカルトの対象になる。だが、彼の作品を正確に理解できる者はほとんどいない。結局彼はチリを後にし、社会生活を捨て、姿を消すが、物理的不在によって（実際、彼は常に不在の人物だった）、彼の作品が引き起こす思索、解釈、情熱的で矛盾した読みがなくなることはない。

彼が文学の領域を通り抜けたあとには、一筋の血とひとりの唖者によって発せられた種々の問いが残る。また無言の回答もひとつかふたつ残る。

歳月とともに、よく起こることとは反対に、彼の人物像は神話性を帯び、彼の提示したコンセプトは確固たるものとなる。ラミレス＝ホフマンの足取りは南アフリカ、ドイツ、イタリアで失われ、ゲーリー・スナイダーの黒い分身のように日本に行ったと主張する者もいるが、とにかく彼の沈黙は徹底している。それでも、世界に吹き渡る変化の風が彼を召喚し、その作品を復権させ、彼を先駆者と見なす者は少なくない。チリからは熱狂的な若い作家たちが彼を探しに出かける。長い巡礼の旅の後、彼らは意気消沈して手ぶらで戻ってくる。ラミレス＝ホフマンの父親は、おそらく彼の居所を知る唯一の人物だったと思われるが、一九九〇年に他界する。

チリの文学サークルでは、ラミレス＝ホフマンも死んだという、心の奥底ではほっとさせられる見方が次第に広まっていく。

一九九二年、彼の名は、拷問と失踪に関する裁判所の調査報告書に華々しく登場する。一九九三年、コンセプシオンとサンティアゴでさまざまな学生殺害事件を起こしたある「独立作戦グループ」との関係が指摘される。一九九五年、サバレータの本が刊行され、そのなかのある章で写真展の夕べのことが語られる。一九九六年、セシリオ・マカドゥクがサンティアゴの小出版社から、一九七二年から九二年にかけてチリとアルゼンチンで発行されたファシスト系雑誌を扱った長大な研究書を出し、そのなかで最も輝き謎めいているのが疑いもなくラミレス＝ホフマンである。もちろん、彼を擁護する声も決して少なくない。軍諜報部のある軍曹は、ラミレス＝ホフマン中尉はいくぶん変わり者で、気が触れかけていて、突発的な行動を取ることもあったが、共産主義との戦いであれほどしっかり務めを果たした者はほとんどいないと断言している。サンティアゴで彼とともにいくつかの弾圧活動に加わったある将校は、さらに踏み込んで、すでに拷問にかけられた囚人はひとりも生かしておいてはならないとラミレス＝ホフマンが言うとき、彼はまったくもって正しかったと言い切る。「彼の〈歴史〉のビジョンは、どう言えばいいか、宇宙的で、永遠に運動し続け、その中心では〈自然〉が自らを食らい、再生し続けていて、おぞましいけれど、驚異のように輝きを放っているのです……」。彼はいくつかの裁判に証人として呼ばれるが、本当に現われるとは誰も期待していない。別の裁判では被疑者として名指しされる。コンセプシオンのある判事は、彼の捜索と逮捕のために令状を取ろうとするが、不首尾に終わる。数は少なかったが、ラミレス＝ホフマン不在のまま進められた裁判もある。その後忘れ去られる。共和国には問題が山のようにあり、次第に影が薄れつつある、何年も前の連続殺人犯にかまっているどころではない。

チリは彼を忘れる。

そんなとき、アベル・ロメロが登場し、僕自身がふたたび登場する。チリは僕たちのことも忘れていた。ロメロはアジェンデ時代の最も有名な警察官のひとりだった。僕は彼の名を、ビニャ・デル・マルの殺人事件との関係でなんとなく覚えていた。彼は、本人の言葉によれば「古典的密室殺人事件」を、洗練されたやり方で巧みに解決したのだ。そしてずっと殺人捜査班で働いていたにもかかわらず、両手にそれぞれ拳銃を握ってラス・カルメネス農園に乗り込み、誘拐事件を自作自演し極右グループ「祖国と自由」の殺し屋たちに匿われていたある大佐を「救出」した。この働きにより、ロメロはアジェンデから勇気を称える勲章を手渡され、それは彼の職業人生を通じて最大の報奨となった。クーデター後、彼は三年間服役し、出所後、パリに向かった。そして今、ラミレス＝ホフマンの足跡を追っていた。セシリオ・マカドゥクが彼に僕のバルセロナの住所を伝えていた。どんなお手伝いをすればいいでしょうか、と僕はロメロに訊いた。詩のことでお願いがあります、と彼は答えた。ラミレス＝ホフマンは詩人で、あなたも詩人ですが、私は詩人ではありません。だからこそ、詩人を見つけるには別の詩人の助けが必要なのです。僕にとってラミレス＝ホフマンは犯罪者であって詩人ではありません、と僕は彼に言った。まあまあ、と彼は言った。もしかするとラミレス＝ホフマンにとって、あるいは他のいかなる人間にとっても、あなたは詩人ではない、あるいは良い詩人ではなく、彼あるいは彼らは良い詩人なのかもしれないでしょう。すべては見方によります、そう思いませんか？　報酬はいくらですか、と僕は訊いた。そうこなくちゃ、と彼は言った。本題に入りましょう。かなりの額です。私を雇った人物は大金持ちなのです。そうして僕たちは友達になった。次の日、彼は文芸誌の詰まったスーツケースを下げてわが家にやってきた。どんな根拠があってラミレス＝ホフマンがヨーロッパにいると思うのですか？　彼の人物調査はしました、と彼は言った。四日後、彼はテレビとビデオを持って現われた。あなた用です、と言った。テレビは観ません、と僕は言った。じゃあ観るべきですよ、どれだけ面白いことをたくさん見逃しているか知らないんですね？　僕は本を読んで書いているんです、と僕は言った。それはもうわかっています、とロメロは言った。彼はすぐにこう言い添えた。悪く取らないでください、私はいつだって何も持たない神父と作家のことは尊敬してきました。直接知り合った人は少ないでしょうけれど、と僕は言った。あなたが初めてです。彼はそう言うと、自分が今いるピントール・フォルトゥニ通りの安ホテルではテレビが設置できないし、設置するのに適切でもないのだと説明した。ラミレス＝ホフマンはフランス語かドイツ語が書けると思いますか？　と僕は訊いた。たぶん、と彼は答えた。教養のある人間ですからね。

ロメロが残していった大量の雑誌のなかに、ラミレス＝ホフマンが関わったと思われるものが二冊あった。一冊はフランスの雑誌で、もう一冊はマドリード在住のアルゼンチン人グループが編集したものだった。せいぜい同人誌といった程度のフランスの雑誌のほうは、「野蛮なエクリチュール」という名の運動の機関誌で、それを代表する人物はパリの元守衛だった。その運動の活動のひとつは、黒ミサを執り行ない、そこで古典の本を手荒く扱うことだった。元守衛が運動を始めたのは、一九六八年五月だった。学生たちがバリケードを張っているとき、彼はデゾー通りの豪華なビルの小さな守衛室に閉じこもり、ヴィクトル・ユーゴーとバルザックの本に精液をかけ、スタンダールの本に小便をかけ、シャトーブリアンの本のページに糞を塗りたくり、フローベール、ラマルティーヌ、ミュッセの美装本のあちこちを切り抜いては血で汚した。彼によれば、そうすることで書くことを学んだのだという。「野蛮なエクリチュール」グループは、店員や肉屋、警備員、錠前職人、下級官僚、看護助手、映画のエキストラなどからなっていた。それに引き替え、マドリードの雑誌のほうはもっとレベルが高く、寄稿者も特定の傾向や流派に限られることはなかった。記事のなかには精神分析や新キリスト教、カラバンチェル刑務所の囚人たちが書いた詩の特集などがあり、思慮に満ちた、ときとして突飛な社会学的序文がついていた。それらの詩のひとつで間違いなく最良にして最も長いものは「死のカメラマン」と題された作品で、「探険者へ」という謎めいた献辞が付されていた。

フランスの雑誌のなかでは、「野蛮人たち」の作品に賛辞として添えられた、ほとんど創造性の感じられないわずかなテクストのひとつに、僕はラミレス＝ホフマンが見えると思った。ジュール・デフォーなる署名の入ったそのテクストは、とぎれとぎれの激しい文体で、文学とは無縁の人々によって書かれた文学を擁護していた（まさに実現しつつあり、歓迎されていることだが、政治が政治とは無縁の人々によって担われるべきであるというのと同じように）。文学のいまだなされていない革命とは、ある意味で文学を廃することだとまでデフォーは言い切っている。それは大文字の〈詩〉を非-詩人が作り、非-読者が読むときのことだ。そのテクストを書いたのは誰でもありうると、世界を焼き払いたいと思う者なら誰でもありうるとわかっているが、そのパリの元守衛のリーダーはラミレス＝ホフマンだと僕にはピンときた。

カラバンチェルの囚人の詩は、別の視点から事を提示していた。マドリードの雑誌にラミレス＝ホフマンのテクストはなかったが、あるテクストのなかで、名指しこそされていないものの、彼のことが語られていた。「死のカメラマン」というタイトルは、どちらかは覚えていないがパウエルかプレスバーガーの古い映画から取られたものかもしれないが、ラミレス＝ホフマンのかつての趣味を指しているのかもしれなかった。本質的には、そして詩を拘束する主観性にもかかわらず、作品自体は単純だった。世界を彷徨うカメラマンのこと、カメラマンが彼の機械化された目に永遠に留めた犯罪のこと、地球が突然空っぽになったこと、カメラマンの倦怠、彼の理想（絶対的なもの）、未知の土地を放浪すること、女性経験、そして二人、三人、それ以上の集団での多様な形の愛を眺めていた果てしない午後と夜のことが語られていた。

ロメロにそのことを話すと、彼は自分が持ってきた四本の映画のビデオを見てほしいと言った。どうやらラミレス氏の居所を突き止めたようです、とロメロは言った。そのとたん僕は恐ろしくなった。僕たちは映画を一緒に見た。低予算のポルノだった。二本目の途中で、僕はロメロに、映画を四本続けざまに見るのは無理だと言った。今晩全部見てください、と彼は帰り際に言った。男優たちのなかからラミレス＝ホフマンを見つけなければいけないんですか？　ロメロは答えなかった。彼は謎めいた笑みを浮かべると、僕が選んでやった雑誌の編集部の住所を書き留め、帰っていった。彼とはそれから五日間会わなかった。その間、すべての映画を観て、すべて最低でも二回は観た。ラミレス＝ホフマンはどれにも出ていなかった。けれど、すべての映画に彼の存在が感じられた。理由は実に単純です、とロメロは再会したときに言った。中尉がカメラの後ろにいるのです。それから彼は、ターラント湾にある別荘でポルノ映画を撮っていたグループのことを語ってくれた。ある朝、全員が死体で見つかった。合計六人。女優が三人、男優が二人、それにカメラマンだ。監督兼プロデューサーの男が容疑をかけられ、逮捕された。別荘の所有者も逮捕された。彼はコリリアーノ出身の弁護士で、ハードコアのスナッフムービーすなわち本物の犯罪が行なわれるポルノ映画の世界と関わりがあった。だが二人ともアリバイがあり、釈放された。ラミレス＝ホフマンはどこで加わったのだろう？　カメラマンはもうひとりいた。Ｒ・Ｐ・イングリッシュとかいう男だ。この人物の居所はついにわからずじまいだった。

で、あなたは、とロメロが言った。また彼に会ったら、ラミレス＝ホフマンだとわかりますか？

さあどうかな、と僕は答えた。

ふたたびロメロには会ったのは、それから二か月経ったころだった。ジュール・デフォーの居所をつかみましたよ、と彼は言った。さあ、行きましょう。僕は文句も言わずついていった。バルセロナから出るのはずいぶん久しぶりだった。予想に反し、僕たちは海岸沿いに走る列車に乗った。費用はどこから出ているんですか？　と僕は訊いた。あるチリ人です、とロメロは、地中海から目をそらさずに答えた。海は次第に打ち捨てられた工場と工場の間に見え隠れし始め、その後マレズマの初期の建物の向こうに見えなくなった。たくさんですか？　かなりの額です、と彼は答えた。金持ちになったんですよ、そのチリ人は、と言うとため息をついた。どうやらチリには裕福になりつつある人がかなりいるようです。それで、その金で何をするつもりですか？　私もチリに帰ります、そうすればやり直せるでしょう。あなたを雇ったのは、セシリオ・マカドゥクじゃありませんか？（一瞬思ったのは、チリを離れたことのない、今や二年ごとに本を出し、大陸中の雑誌に寄稿し、たまにアメリカの小さな大学で講義を行なうマカドゥクが、その一瞬だけ思ったのは、マカドゥクが、定評ある作家であるだけでなく資産家なのではないかということだった。馬鹿げてはいるが、まっとうな嫉妬を覚えた一瞬だった）。とんでもない、とロメロは言った。それで、彼を見つけたら、あなたはどうするつもりですか？　と僕は言った。ああ、ボラーニョさん、まずあなたが、それがラミレス＝ホフマンであると認めてくれなければなりません。

僕たちはブラーナスで下りた。駅でリュレット行きのバスに乗った。春は始まったばかりだったが、町には観光客のグループが何組もいて、ホテルの入口にたむろしたり中心街をぶらついたりしていた。僕たちはアパートばかりが建つ地区に向かって歩いた。その建物のひとつにラミレス＝ホフマンは住んでいた。あの男を殺すんですか？　と僕は、幻影のような通りを一緒に歩きながら尋ねた。観光客向けの店はまだひと月後まで開かないだろう。その手の質問はしないでください、とロメロは、苦痛か何かそれに似たもののために皺くちゃになった顔で言った。わかりました、と僕は答えた。もう質問はしません。

ラミレス＝ホフマンはここに住んでいます、と、見たところ空っぽの八階建ての建物の前を足を止めずに通り過ぎたときにロメロが言った。僕は胃が縮む思いがした。後ろを振り返っちゃだめですよ、まったく、とロメロは僕を叱り、僕たちは歩き続けた。二ブロック先に開いているバルがあった。ロメロは店先まで僕と並んで歩いた。正確にはわかりませんが、しばらくすると、あいつがコーヒーを飲みに来ます。よく見て、そのあと教えてください。席に着いて、動かないで。暗くなったら迎えに来ます。少し馬鹿げているが、僕たちは別れ際に握手を交わした。何か読む本を持ってきましたか？　ええ、と僕は言った。それではのちほど。二十年以上経っていることを忘れないでください。

バルの大窓からは海と真っ青な空が見え、海岸の近くで漁師の乗ったいくつかの小舟が漁をしていた。僕はカフェオレを注文し、ぼんやりしないように気をつけた。バルに客はほとんどいなかった。女性がひとりテーブル席に座って雑誌を読み、二人の男性がカウンター係と話をしていた。僕は本を開いた。ファン・カルロス・ビダルが訳したブルーノ・シュルツの『全集』だ。それを読もうと努めた。何ページか読み進めたが、何も頭に入っていないことに気づいた。読んではいるのだが、言葉が、理解不能なカブトムシのように通り過ぎていく。バルには誰も入ってこず、誰も動かず、時が止まってしまったかのようで、僕は気分が悪くなってきた。海に浮かんでいた小舟が突然ヨットに変わり、海岸線は灰色で単調になり、ごくまれに歩く人か、人気のない広い歩道を選んで自転車のペダルを踏む人の姿が目に入る。僕はボトル入りのミネラルウォーターを頼んだ。そのときラミレス＝ホフマンがやってきて、テーブル三つ分離れた大窓のそばに座った。彼は老け込んでいた。きっと僕もそうだっただろう。でも違う。彼のほうがはるかに老けていた。以前より太り、皺が増え、少なくとも僕より十歳は上に見えると思ったが、実際には彼のほうが三つだけ年上なのだった。彼は海を眺めながら煙草を吸っていた。同じことをしている、と気づいた僕は、まずいと思って煙草の火を消すと、本を読んでいるふりをした。ブルーノ・シュルツの言葉は一瞬にして怪物的な様相を呈し、ほとんど耐えがたいほどになった。もう一度ラミレス＝ホフマンを見たとき、彼はこちらに横顔を向けていた。近寄りがたい男に見えると僕は思った。そんなふうになれるのはわずかなラテンアメリカ人だけ――それも四十過ぎの人間だけ――だ。ヨーロッパ人やアメリカ人の近寄りがたさとはずいぶん違う。哀しげで手の施しようがない近寄りがたさだった。だがラミレス＝ホフマンが哀しそうなのではなく、まさに果てしない哀しみがそこに住み着いているのだった。彼は大人に見えた。けれど大人ではないとすぐにわかった。彼は自分自身をよく把握しているように見えた。どんなものであろうと自分なりのやり方で、自分で定めた原則の範疇で、その静まり返ったバルにいた僕を含めた誰にも増して、彼は自分自身を把握していた。そのときリュレット通りを歩いていた人々、あるいは間近に迫った観光シーズンの準備で働いていた人々の多くよりも、自分自身を把握していた。彼は近寄りがたく、何も持たず、あるいはほとんど何も持たず、しかもそのことを大して気に留めていないようだった。何か不運な目に遭っているようにも見えた。平常心を失ったり、夢想し始めたりしなくても待つことのできる人間の顔をしていた。詩人には見えなかった。チリ空軍の元将校には見えなかった。悪名高い殺人鬼には見えなかった。飛行機で南極に飛び、空中に詩を書いた男には見えなかった。とてもそうは見えなかった。

日が暮れ始めると、彼は引き揚げた。僕は突然空腹を感じ、幸せな気持ちになっているのに気づいた。トマトペーストを塗ったパンとハモン・セラーノとノンアルコール・ビールを注文した。

まもなくロメロが来て、僕たちは店を出た。最初はラミレス＝ホフマンのアパートから遠ざかっているように思えたが、実際には一回りしただけだった。彼でしたか？　とロメロが尋ねた。ええ、と僕は答えた。間違いなく？　間違いなく。僕は何か言い足そうとしたが、ロメロは足を速めた。ラミレス＝ホフマンのアパートは月に照らされた空にくっきり浮かび上がった。彼のアパートだけは奇妙で、それを前にすると他の建物はぼやけて消えてしまいそうで、一九七三年という年から現われた魔法の杖に触れられたかのようだった。ロメロは公園のベンチを指差した。ここで待っていてください、と彼は言った。殺すつもりですか？　ベンチは薄暗がりの目立たない一角にあった。ロメロの表情が変化したが、僕には見えなかった。ここで待っていてください、さもなければブラーナスの駅に行って、最初の列車に乗ってください。お願いです、殺さないでください、あの男はもう誰にも危害を加えられません、と僕は言った。それはあなたにはわからないことです、とロメロは言った。私にもわからない。誰にも危害を加えられません、と僕は言った。心の底ではそう信じてはいなかった。もちろん危害を加えることはできた。われわれは誰でも危害を加えることはできるのだ。すぐに戻ります、とロメロは言った。

僕はベンチに座って黒い灌木を眺めながら、遠ざかっていくロメロの足音を聞いていた。彼は二十分後に戻ってきた。小脇に書類の入ったファイルを抱えていた。行きましょう、と彼は言った。僕たちはリュレットとブラーナス駅を結ぶバスに乗り、そのあとバルセロナ行きの列車に乗った。カタルーニャ広場に着くまで僕たちは口を利かなかった。ロメロは僕の家までついてきた。そこで僕に封筒を手渡した。ご面倒をおかけしたお礼です、と彼は言った。これからどうするつもりですか？　今夜パリに戻ります、午前零時の飛行機に乗るんです、と彼は言った。僕はため息をついたか鼻を鳴らした。なんて嫌な仕事なんだろう、と僕は口に任せて言った。そのとおり、とロメロは言った。これはチリ人の仕事でした。僕はそこに、玄関の真ん中に立っている彼を見た。ロメロは微笑んでいた。歳はきっと六十くらいだっただろう。では元気で、ボラーニョ、と最後に言うと、彼は立ち去った。

モンスターたちのためのエピローグ

1　人物

ウェンセスラオ・アセル　一九〇〇年ウルグアイ、パンド生まれ―一九五八年モンテビデオ没。劇作家。『アメリカ大陸の家庭戦争』、『いかにして男になるか』、『残忍』、『パリのアルゼンチン女』などの作品が、ブエノスアイレスやモンテビデオ、サンティアゴ・デ・チレの劇場で好評を博した。

マルコス・リカルド・アラルコン＝チャミソ　一九一〇年アレキパ生まれ―一九七七年アレキパ没。詩人、音楽家、画家、彫刻家、数学愛好家。

スージー・ウェブスター　一九六〇年バークレー生まれ―一九八六年ロサンジェルス没。ポルノ女優。アドルフォ・パントリアーノの多くの映画に出演した。

アルシデス・ウルティア　キューバの画家。それ以外に情報はないが、カストロの刑務所の常連と思われる。エルネスト・ペレス＝マソンの創作した人物か？

オイジェン・エントレスク　一九〇五年ルーマニア、バカウ生まれ―一九四四年ウクライナ、キシナウ没。ルーマニアの将軍。第二次世界大戦中、オデッサ占領、セヴァストポリ包囲、スターリングラードの戦いで名を揚げる。勃起したときの男性器はきっかり三十センチあり、ポルノ俳優ダン・カーマインよりも二センチ勝った。第二十師団、第十四師団および第三軍団の長となる。キシナウ近郊の村で部下たちにより十字架に掛けられた。

ダン・カーマイン　一九五八年ロサンジェルス生まれ―一九八六年ロサンジェルス没。ポルノ映画俳優で際立った才能の持ち主、二十八センチの巨根を誇った。業界一青い目の持ち主。アドルフォ・パントリアーノの映画にたびたび出演した。

エンゾ・ラウル・カスティリオーニ　一九四〇年ブエノスアイレス生まれ―二〇〇二年ブエノスアイレス没。ボカ・ジュニアーズのフーリガン・グループのリーダー。入獄により、イタロ・スキアッフィーノが新たなリーダーの座に就いた。彼と同世代のある人々によればネズミそっくりだった。別の人々によればネズミと七面鳥の合いの子のようだった。家族によると情けないろくでなしだった。

ジョン・カステラーノ　一九五〇年モービル生まれ―二〇二一年セルマ没。米国の作家。アルヘンティーノ・スキアッフィーノによって〈アラバマの総統《ドゥーチェ》〉と呼ばれた。

マウリシオ・カセレス　一九二五年トレスアロージョス生まれ―一九九六年ブエノスアイレス没。ルス・メンディルセの二番目の夫。一般には〈黙示録のマルティン・フィエロ〉として知られる。一時期「クリオーリョ文学」誌の編集長を務めた。

フロレンシオ・カポー　一九二〇年コンセプシオン生まれ―一九九五年サンティアゴ没。ペドロ・ゴンサレス＝カレーラの友人で相談役。彼のことは好きだったが、死後の名声を理解できなかった。

オネスト・ガルシア　一九五〇年ブエノスアイレス生まれ―二〇一三年ブエノスアイレス没。ボカのフーリガン・グループのリーダーで、かつては殺し屋だった。物乞い生活を送っているとき、ビジャ・デボート地区の薄汚れた通りで、タンゴを大声で歌い、泣きわめき、ズボンのなかに脱糞しながら死んだ。

マルティン・ガルシア　一九四二年チリ、ロスアンヘレス生まれ―一九八九年ペルピニャン没。チリの詩人、翻訳家。コンセプシオン大学医学部の彼の文芸教室は、世界で最も嫌悪を催させるもののひとつで、学生が解剖を行なう階段教室から、通路をはさんでわずか二歩のところで行なわれた。

アルド・カロッツォーネ　一八九三年ブエノスアイレス生まれ―一九八二年ブエノスアイレス没。快楽主義哲学者、エデルミラ・トンプソンの個人秘書。

エデルミロ・カロッツォーネ　一九四〇年ブエノスアイレス生まれ―二〇二七年マドリード没。アルド・カロッツォーネの一人息子。誕生前からアドルフォ（アドルフ・ヒトラーに因む）と名付けられるはずだったが、直前になって、父親が神聖な友情の証として上司かつ恩人の名を付けた。常に物事に驚嘆し、ときに幸福を味わう少年だった。メンディルセ家の秘書として働いた。

アーサー・クレイン　一九四七年ニューオーリンズ生まれ―一九八九年ロサンジェルス没。詩人。重要な著作を多数手掛け、そのなかに『同性愛者の天国』、『子供のしつけ』がある。一種の自殺行為として、社会の底辺や恵まれない人々のもとを頻繁に訪れた。煙草を日に三箱吸った。

マリア・テレサ・グレコ　一九三六年ニュージャージー生まれ―二〇〇四年オーランドー没。アルヘンティーノ・スキアッフィーノの二人目の妻。証言によれば、長身で痩せて骨ばっていて、亡霊か意思の化身のようだった。

クルシオ・サバレータ　一九五一年サンティアゴ生まれ—二〇一一年ビニャ・デル・マル没。チリ軍退役大尉。在俗修道士。牧歌的なエコロジスト的作品を書いた。

アウグスト・サモラ　一九一九年サン・ルイス・ポトシ生まれ—一九六九年メキシコシティ没。社会主義リアリズム文学を手掛けながら、密かにシュルレアリスム詩を書いていた。同性愛者だったが、ほぼ全生涯を通じてマッチョを装わなければならなかった。二十年あまりの間、仲間にロシア語ができると信じさせることに成功した。一九六八年十月、レクンベリ刑務所の独房で光を見る。出所して一か月後、街で心臓発作のために亡くなった。

クラウディア・サルダーニャ　一九五五年ロサリオ生まれ—一九七六年ロサリオ没。アルゼンチンの女流詩人。刊行された詩集はない。軍部により暗殺された。

ルー・サンティーノ　一九四〇年サンバーナディーノ生まれ—二〇〇六年サンバーナディーノ没。ジョン・リー・ブルックの保護観察官。ブルックを含め、聖者のようだったと言う者もいれば、皮肉屋のろくでなしだったと言う者もいる。

ヒメナ・サンディエゴ　一八七〇年ブエノスアイレス生まれ—一九三八年パリ没。時代遅れのガウチョ版ニナ・ド・ヴィヤール。

ヘルマン・スコッティ=カベージョ　一九五六年ブエノスアイレス生まれ—二〇一七年ブエノスアイレス没。モラサン博士の職務代行者でアルヘンティーノ・スキアッフィーノの盲目的崇拝者。

スシー・ダマート　一九三五年ブエノスアイレス生まれ—二〇〇一年パリ没。アルゼンチンの女流詩人でルス・メンディルセの友人。終生フランスの首都でラテンアメリカの手工芸品を売り続けた。

ファン・チェルニアコフスキー　一九四三年バルディビア生まれ―一九八四年エルサルバドル没。詩人にしてパンアメリカン・ゲリラ。旧ソ連の将軍イバン・チェルニアコフスキーの従弟の息子。

アンドレ・チボー　一八八〇年ニオール生まれ―一九四五年ペリグー没。モーラス派哲学者。ペリグーのパルチザン・グループにより銃殺された。

アルフレード・デ・マリア　一九六二年メキシコシティ生まれ―二〇二二年ビジャビシオサ没。SF作家。果てしなく続く二年間、ロサンジェルスでグスタボ・ボルダの隣人だった。ソノラ州の殺し屋の町ビジャビシオサで失踪した。

ペドロ・デ・メディナ　一九二〇年グアダラハラ生まれ―一九八九年メキシコシティ没。革命と農民をテーマとする小説を書いたメキシコの作家。

ペルシオ・デ・ラ・フエンテ　一九二八年ブエノスアイレス生まれ―一九九四年ブエノスアイレス没。アルゼンチンの大佐、著名な記号学者。

エティエンヌ・ド・サンテティエンヌ　一九二〇年リヨン生まれ―一九九九年パリ没。フランスの哲学者、歴史修正主義者。「現代史ジャーナル」を創刊。

バアモンテス公爵夫人　一八九三年コルドバ生まれ―一九五七年マドリード没。コルドバ生まれの公爵夫人。（プラトニックな）愛人が何百人といた。泌尿器に問題があり、オーガズムに達することができなかった。老後は園芸に勤しんだ。

オットー・ハウスホーファー　一八七一年ベルリン生まれ―一九四五年ベルリン没。ナチの哲学者。ルス・メンディルセの代父、突飛な諸理論の生みの親。それらの理論に、空洞の地球、固形の宇宙、根源的文明、間惑星的アーリア族などがある。三人の酔ったウズベキスタン兵士に犯されたのち自殺した。

ティト・バスケス　一八九五年ロサリオ生まれ―一九五七年リオデジャネイロ没。アルゼンチンの音楽家。二つの交響曲、いくつもの室内楽曲、三つの賛美歌、ひとつの葬送行進曲、ひとつのソナチネおよび最後の日々を堂々と生きることを可能にした八つのタンゴの作曲者。

ペドロ・バルベロ　一九三四年モストレス生まれ―一九九八年マドリード没。ルス・メンディルセの秘書、愛人、相談役。右翼ポピュリスト版のミゲル・エルナンデス。プロレタリア風ソネットを書いた。

ガビノ・バレーダ　一九〇八年エルモシージョ生まれ―一九八九年ロサンジェルス没。著名な建築家。最初はスターリン主義者、最後はサリナス主義者だった。

アドルフォ・パントリアーノ　一九四五年カリフォルニア州ヴァレーホ―一九八六年ロサンジェルス没。ポルノ映画監督・プロデューサー。作品に『熱いウサギ』、『アヌスに入れて』、『元服役囚たちとさかりのついた十五歳の娘』、『三人対三人』、『宇宙人とコリーナ』等。

タチアナ・フォン・ベック＝イラオラ　一九五〇年サンティアゴ生まれ―二〇一一年サンティアゴ没。フェミニスト、画廊経営者、ジャーナリスト、コンセプチュアルアートの彫刻家、チリ文化を振興した女性のひとり。

アティリオ・フランチェッティ　一九一九年ブエノスアイレス生まれ―一九九〇年ブエノスアイレス

没。『ポーの部屋』に関わった画家。

ジャック・ブルック　一九五〇年ニューヨーク生まれ―一九九〇年ロサンジェルス没。麻薬密売と資金洗浄絡みのアート作品のバイヤー。余暇には朗読者、早変わり芸人となった。

ホルヘ・エステバン・ペトロビッチ　一九六〇年ブエノスアイレス生まれ―二〇二七年ブエノスアイレス没。アルゼンチンの作家。マルビーナス諸島を舞台とする戦記ものの小説が三作ある。のちにラジオとテレビの司会者となる。

マグダレナ・ベネガス　一九五五年ナシミエント生まれ―一九七三年コンセプシオン没。チリの女流詩人。独裁政権により暗殺された。

マリア・ベネガス　一九五五年ナシミエント生まれ―一九七三年コンセプシオン没。チリの女流詩人、マグダレナの双子の姉。独裁政権により暗殺された。

アルトゥーロ・ベラスコ　一九二一年ブエノスアイレス生まれ―一九八三年パリ没。アルゼンチンの画家。象徴派として出発するが、最後はル・パルクを模倣した。

ルイス・エンリケ・ベルマル　一八六五年ブエノスアイレス生まれ―一九四〇年ブエノスアイレス没。文芸評論家。マセドニオ・フェルナンデスをほとんど無価値と評し、エデルミラ・トンプソンを酷評した。

アグスティン・ペレス＝エレディア　一九三五年ブエノスアイレス生まれ―二〇〇五年ブエノスアイレス没。スポーツ界と関係のあったアルゼンチンのファシスト。

ウゴ・ボッシ　一九二〇年ブエノスアイレス生まれ―一九九一年ブエノスアイレス没。建築家。本人によれば、ブエノスアイレス州のイエズス会寄宿学校で過ごした経験に基づき、ミュージアムホテルの設計を手掛けた。このミュージアムホテルは、一般向けの美術館および経済力のないアーティスト用の宿泊施設として使われるだけでなく、地下のさまざまな運動用コートのほか、競輪場、映画館、二つの劇場、礼拝堂、スーパーマーケット、小さく目立たない警察官詰め所を備えるはずだった。

セシリオ・マカドゥク　一九五六年コンセプシオン生まれ—二〇二一年サンティアゴ没。チリの作家。細部や重厚な雰囲気にこだわる風変わりな作品を書く。読者にも批評界にも大きな影響力を持った。三十三歳まで靴屋の店員として働いた。

ベルタ・マッキオ＝モラサン　一九六〇年ブエノスアイレス生まれ—二〇二九年マル・デル・プラタ没。アマチュアのイラストレーター。モラサン博士の姪だが愛人だったと言われている。アルヘンティーノ・スキアッフィーノの愛人でもあった。神経過敏だったため、前述の人物たちと関係したことが原因で精神病院に入り、何度も自殺を試みた。モラサン博士は彼女をベッドか椅子に縛りつけることを好んだ。アルヘンティーノ・スキアッフィーノは、平手打ちや煙草の火を彼女の腕や足にこすりつけて消すという、最も伝統的な方法を好んだ。スコッティ＝カベージョやときには八人か九人のボカのフーリガンの古くからの護衛たちとも愛人関係にあった。彼女を娘のように愛しているというのがモラサンの口癖だった。

セバスティアン・メンディルセ　一八七四年ブエノスアイレス生まれ—一九四〇年ブエノスアイレス没。アルゼンチンの富豪。エデルミラ・トンプソンの夫。

カルロス・エンリケ・モラサン　一九四〇年ブエノスアイレス生まれ―二〇〇四年ブエノスアイレス没。イタロ・スキアッフィーノの死にともない、ボカのフーリガン・グループのリーダーとなる。弟アルヘンティーノの熱烈な崇拝者。超心理学博士。

エリザベス・モレーノ　一九七四年マイアミ生まれ―二〇四〇年マイアミ没。キューバン・カフェのウェイトレス。アルヘンティーノ・スキアッフィーノの三度目にして最後の妻。

アントニオ・ラクチュール　一九四三年ブエノスアイレス生まれ―一九九九年ブエノスアイレス没。アルゼンチンの軍人。反乱鎮圧に成功するが、マルビーナス戦争で敗北。〈潜水艦〉と電気拷問器《ピカーナ》を扱う専門家。ネズミを使った器具を多数発明する。彼に拷問を受けた女性はその声を聞いただけで身震いした。数々の勲章を受けた。

フリオ・セサル・ラクチュール　一九二七年ブエノスアイレス生まれ―一九八四年ブエノスアイレス没。ルス・メンディルセの最初の夫。『サン・マルティンへのオード』と『オイギンスへのオード』の作者でいずれもブエノスアイレス市賞を獲得した。

フアン・ホセ・ラサ＝マルドネス　キューバの詩人で、その人生は謎に包まれている。詩集はないが、いくつかの詩篇が知られている。エルネスト・ペレス＝マソンの創作した人物か？

ジュール・アルベール・ラミ　一九一〇年ルーアン生まれ―一九九五年パリ没。フランスの詩人。数々の賞に輝く。ペタン政権の役人を務めた。修正主義者。ときに英語とスペイン語の翻訳を行ない、天職と言えるほど見事にこなした。下院議員。余暇には哲学に勤しんだ。芸術の庇護者。マンダリン・クラブの創設者。

フリアン・リコ＝アナヤ　一九四二年フニン生まれ―一九九八年ブエノスアイレス没。超保守的カトリックの傾向を持つアルゼンチンのナショナリスト作家。
フィリップ・ルメルシエ　一九一五年ヌヴェール生まれ―一九八四年ブエノスアイレス没。フランスの風景画家。イグナシオ・スビエタの没後作品を出版した。
カロラ・レイバ　一九四五年マル・デル・プラタ生まれ―二〇一八年マル・デル・プラタ没。エデルミラ・トンプソンとルス・メンディルセを信奉するアルゼンチンの女流詩人。
スサナ・レスカノ＝ラフィヌール　一八六七年ブエノスアイレス生まれ―一九四九年ブエノスアイレス没。自身の文芸サロンを通じてブエノスアイレス文化の振興に寄与した。
フアン・カルロス・レンティーニ　一九四五年ブエノスアイレス生まれ―二〇〇八年ブエノスアイレス没。一時期サッカーのフーリガン・グループのリーダーとなる。連邦政府の役人を終生務めた。
ボールドウィン・ローシャ　一九九九年ロサンジェルス生まれ―二〇一七年ラグーナ・ビーチ没。ローリー・ロングをライフルで襲撃し、殺害した。犯行の三分後にロングのボディガードにより蜂の巣にされて死んだ。
アベル・ロメロ　一九四〇年プエルト・モント生まれ―二〇一三年サンティアゴ没。チリの元警察官。長期にわたって亡命生活を送った。帰国後、葬儀社を設立し成功を収めた。
マーカス・ロング　一九二八年ピッツバーグ生まれ―一九八九年フェニックス没。詩人。作品は時期ごとにそれぞれチャールズ・オルソン、ロバート・ローウェル、W・S・マーウィン、ケネス・レクスロス、ローレンス・ファーリンゲッティに似る。文学教授。ローリー・ロングの父親。

2　出版社、雑誌、場所……

アーリア人自然主義者コミューン　セグンド・ホセ・エレディアがグアリコ州カラボソ近郊の農場に創設（一九六七年）。フランツ・ツビカウがアーリア人らしき若いベネズエラ人アーティストたちとともに数日間立ち寄った。

アルゼンチン第四帝国社　狂気と合法性そして愚かしさの境界線上にある企てが保証された土地であるアメリカ大陸で営まれた事業のなかでも、間違いなく最も奇妙で奇抜かつ粘り強い出版事業のひとつ。ニュルンベルク裁判が最高潮に達したときに活動を開始し、「アルゼンチン第四帝国」創刊号は折しも裁判の合法性への反駁に全紙幅を割いている。第二号では、完全に忘れてもよいドイツ人作家（そのなかにはヒトラーユーゲントの隊長で、当時人道に対する罪によってニュルンベルクで裁かれたバルドゥール・フォン・シーラッハがいる）の翻訳とともに、好奇心の強い読者は、エルンスト・ユンガーのさまざまなスタイルの散文で書かれた三つのテクストを見出すはずだ。第三および第四合併号は、裁判の問題にこだわるとともに、ファランヘ党員あるいはペロン主義者として知られるブエノスアイレスの詩人たちの小さなアンソロジーを載せている。第五号は、第一次大戦終結以来、ヨーロッパにとって唯一現実的な脅威としてのボリシェヴィキの危険性について論理的に警告することに全一〇〇ページを割いている。第六号は趣向を変え、かつてのブエノスアイレス、地区、港、川、伝統、フォルクローレを取り上げている。第七号は、突如として時間を先取りし、未来のブエノスアイレスに焦点を当て、都市工学的（ただし、若い建築家ウゴ・ボッシが手掛け、のちに彼を世界的に有名にする妥協のない独創性の兆しが見てとれた計画からは程遠い）、社会学的、経済学的、政治学的観点から論じている。第八号は、ふたたび地に足をつけ、ニュルンベルク裁判と、ユダヤ人の金権支配に牛耳られているジャーナリズムの欺瞞性をもっぱら告発している。第九号は文学に戻り、「今日のヨーロッパ文学」という題目の下に、フランス、ドイツ、イタリア、スペイン、ルーマニア、スイス、リトアニア、スロバキア、ハンガリー、ベルギー、ラトビアおよびデンマークの詩人と作家の作品を俯瞰している。第十号は警察の命令により発行できなかった。雑誌は非合法化され、出版社に変わる。いくつかの書籍は、アルゼンチン第四帝国社のロゴ入りで出版されるが、他の大部分はロゴなしだった。その迷走した活動は二〇〇一年まで続いた。経営者が誰であるかは不明のままである。

「ヴァージニア戦争ゲーム」誌　軍事シミュレーションゲームの雑誌。ハリー・シベリウスが寄稿した。

カリフォルニア・キリスト教徒カリスマ教会　一九八四年にローリー・ロングによって設立された宗教団体。

「カリフォルニアの夜明け」誌　アーリア同盟の雑誌。

「クリオーリョ文学」誌　エデルミラ・トンプソンが創刊した隔月刊雑誌。一九四八年―七九年。ファン・メンディルセとルス・メンディルセが編集長を務め、一度ならず兄妹間の諍いの元となった。

「黒い拳銃」社　リオデジャネイロの出版社。犯罪小説を専門とし、ブラジルのさまざまな作家の本の出版を可能にした。

「現代アルゼンチン」誌　エデルミラ・トンプソンが創刊し、第一期はアルド・カロッツォーネが編集長を務めた月刊誌。

「コマンドー」誌　軍事シミュレーションゲームの雑誌。ハリー・シベリウスが寄稿した。

「今日の詩」誌　スペイン、カルタヘナの文芸誌。一九三八年―四七年。

「思想と歴史」誌　チリの雑誌。初期の号では主に欧米の地政学と軍事史に関する論考や評論を掲載した。最も豊饒で野心的だったのは疑いもなくグンター・フューラーが編集長を務めた時期で、一連のドイツ系チリ人長篇作家および短篇作家（アクセル・アクセルロッド、バシリオ・ロドリゲス・デ・ラ・マタ、エルマン・クエト・バウエル、オットー・ムンセン、ロドルフォ・エルネスト・グルーバー等）を市場に送り出したが、反響はわずかとは言わないまでも波があり、最終的には大失敗に終わった。それらの作家のうち、過去二十五年にわたり文学に関わり続けているのは二人だけで、そのうちのひとりは直接ドイツ語を用い、当然ながらドイツで執筆活動を行なった。初代編集長のJ・C・ホフラーは『第二次世界大戦の公然の歴史』、続く『第二次世界大戦の秘められた歴史』、他にバルドゥール・フォン・シーラッハ『詩選集』の初めてのまともなスペイン語訳を手掛けた。一九七九年から八〇年にかけて編集長を務めたベルナー・メンデス＝マイヤーは熱狂的な未来主義者で、最後は編集部および財政面で後ろ盾となっていた人々と殴り合いの大喧嘩の末に辞任したが、彼は論争を呼んだ『ラミレス＝ホフマン中尉に関する確実な情報』の著者であり、この本は刊行当時、友人や敵によって、統合失調症すれすれのひどい悪ふざけとして読まれた。三人目の編集長（一九八〇―八九年）となったグンター・フューラーは、一八七九年のチリ対ペルー＝ボリビア連合軍の戦争に関する記念碑的著作『太平洋戦争の歴史』の著者である。これはすべてを書き尽くそうとした本で（七四〇ページ）、両軍の軍服から戦略、作戦、戦術の計画に至るまでが詳述されている。この壮大な意図が評価され、フューラーの歴史家としての仕事は一九九七年に国民文学賞を受賞し、彼はこの雑誌に関わった人々のなかでも、疑いもなく最も敬意を集めた編集長兼発行人となった。カール・ハインツ・リドルの登場とともに、疑いもなく最も修正主義的な時期が始まる。この時期はフランスの哲学者エティエンヌ・ド・サンテティエンヌの思想と理論の影響下にあった。この哲学者は何かと議論の的になるリヨン大学の教授で、第二次世界大戦の間に強制収容所全体で死んだユダヤ人が三十万人にすぎないことを科学的に証明しようとした（そのためにコシェルの精肉店の怪しげな開店許可証まで利用した）。サンテティエンヌに従って、リドルの作品は珍奇な論考の寄せ集めからなり、そこでは歴史的・数学的列挙システムが究極点に達している。リドルがすでに予見していた凋落は、最終的にアントニオ・カピストラーノが編集長の座に就いた（一九九八―二〇〇三年）ことで現実化する。このゲオルゲ風の詩人はかつて「南半球文芸批評」誌と繋がりがあったものの、せいぜい有能な管理者にすぎなかった。二十一世紀初めにはもはや資金もドイツ系チリ人の情熱もなく、無条件の支持者は情報のスーパーハイウェイで戦いを続行した。

「詩文の灯台」誌　セビーリャの雑誌。一九三四年—四四年。

「将軍」誌　軍事シミュレーションゲームの雑誌。ハリー・シベリウスが寄稿した。

「白い反逆者」誌　アーリア同盟の雑誌。

「白と黒」社　アルゼンチンの極右出版社。

「戦略と戦術」誌　軍事シミュレーションゲームの雑誌。ハリー・シベリウスが寄稿した。

「第二ラウンド」誌　セグンド・ホセ・エレディアが創刊し、編集長を務めた文芸とスポーツを扱う雑誌。ベネズエラの概して恩知らずな若い作家たちを幅広く集めた。

「手負いの鷲」社　ルス・メンディルセが創立した出版社。

テキサス審判の日教会　ローリー・ロングが説教師を務めた宗教団体。

「鉄の心」誌　チリのナチの雑誌。熱烈な推進者たちが望んだように南極の海底基地ではなく、プンタ・アレナスで何年か生き永らえた。

「鉄の庭」誌　アーリア同盟の雑誌。

「内的円環」誌　アーリア同盟の雑誌。

「白系国家の素晴らしき冒険」誌　アーリア同盟の雑誌。

米国真の殉教者教会　ローリー・ロングが説教師を務めた宗教団体。

「ボカとともに」誌　イタロ・スキアッフィーノが創刊した雑誌。一九七六年—八三年。

マンダリン・クラブ　ジュール・アルベール・ラミが創立した形而上学と文学のグループ。

「南のランプ」社　エデルミラ・トンプソンが創立した出版社。一九二〇年から四六年まで活動。収益はゼロだった。

「南半球文芸批評」誌　「思想と歴史」誌と同時期の雑誌。エセキエル・アランシビアとファン・エリング＝ラソが身を投じたこの冒険とも言える事業が目指したのは、「思想と歴史」に取って代わるだけでなく、そのドイツ主義者たちへのチリ主義者たちによる返答となることだった。アランシビアとエリング＝ラソによる問題提起において、「思想」誌の人々はドイツの国家社会主義の立場を取ったのに対し、「南半球」誌を結束させようとした人々はファシズムの立場を取った。アランシビアの場合はイタリアの虚勢を張る耽美的ファシズムであり、エリングの場合は、スペインのカトリック、ファランヘ主義、プリモ・デ・リベラ、反資本主義に依拠するファシズムである。政治的には彼らは常にピノチェト側についたが、それでもとりわけ経済政策に関しては、ピノチェトに対する「内部批判」を惜しみなく行なった。文学的には、ペドロ・ゴンサレス＝カレーラのみを崇拝し、彼の全集を刊行した。「思想と歴史」のドイツ主義者たちのようにパブロ・ネルーダとパブロ・デ・ロカを軽視することなく、二人の長大で、力強い抑揚を持つ自由詩を体系的に研究し、闘う詩の模範として多くの機会にその作品を引用した。ただしいくつかの名前は変えなければならず、スターリンはムッソリーニ、トロツキーはスターリンに置き換え、形容詞を若干再修正し、名詞を変更した。こうして政治的パンフレット詩の理想的モデルができあがり、歴史を浄化する必要からそれを称揚したが、一方で詩的表現の最高位に就けることは決してなかった。それに引き替え、ニカノール・パラとエンリケ・リンの詩は空疎で退廃的、無慈悲で絶望的であると見なして嫌悪した。

彼らは優れた翻訳者でもあり、英語、ドイツ語、フランス語、イタリア語、ポルトガル語、ルーマニア語、フラマン語、スウェーデン語、さらにはアフリカーンス（アランシビアは南アフリカに三度旅行し、友人たちによれば、その経験と良い辞書があれば言葉を学ぶには十分だったという）の多くの未知の詩人の作品をチリに紹介した。初期には、政治的、文学的に近い創作者のみを売り込もうとし、他の傾向に対する攻撃的姿勢を保った。文盲率の高さによって、彼らほど熱狂的でない人々なら尻込みしてしまうような、文学的伝統を欠いた最果ての地を含む地方で、朗読会や集まりを組織した。詩の「南半球」賞を創設し、エリング＝ラソ、デメトリオ・イグレシアス、ルイス・ゴイェネチェ＝アロ、エクトル・クルス、パブロ・サンファンらが受賞した。チリ作家協会の内部で、高齢で経済的に弱い立場にある作家のための年金制度を創設しようとするが、この発案は大方の無関心と同業者のエゴイズムのために頓挫した。アランシビアの文学作品は小ぶりの詩集三巻と、ペドロ・ゴンサレス＝カレーラに関するモノグラフに集約されている。アランシビアの長所である果てしない情熱と好奇心の例として挙げなければならないのが、幻影のごときラミレス＝ホフマンを追い求めてヨーロッパと南アフリカを巡った今となっては伝説的な旅である。ファン・エリング＝ラソは、いくつかの詩集と当たり外れのある戯曲、そしてアメリカ大陸の愛に基づく新たな感受性の胚胎と誕生が表明された小説三部作を書いた。本誌の編集長の座にあった最後の時期に、雑誌をチリのほぼすべての作家に開放しようとしたが、部分的にしか成功しなかった。彼は国民文学賞を受賞した。「南半球」誌の三人目の編集長だったルイス・ゴイェネチェ＝アロは、十冊以上の詩集を出しているが、総合的に見るとそれらはどれも処女詩集の変奏にすぎない。彼はエリングの路線を引き継ごうとしたが、さして成功しなかった。彼が担当した時期の雑誌は疑いもなく最も凡庸である。パブロ・サンファンはアランシビアの弟子で、ゴンサレス＝カレーラの心底からの信奉者だが、雑誌の方向性を変え、かつての理想に向かってふたたび船の舵を切ろうとする一方、ときに彼自身が検閲や削除を行ない、その結果、論争や誤解を招くこともあった別の声や別の考えに対する開放性を放棄することはなかった。友人を得ようと必死に努力したが、敵を作っただけだった。

「燃える都市」社　メイコンの詩の版元。
「勇者たちのホテル」誌　アーリア同盟の雑誌。
「ラ・カスターニャ」社　大衆的な歌謡曲と作家を普及させたアルゼンチンの出版社。
「牢獄のなかの文学」誌　アーリア同盟の雑誌。

3　書籍

マテオ・アギーレ『悪魔の川』ブエノスアイレス、一九一八年。

マテオ・アギーレ『アナと戦士たち』ブエノスアイレス、一九二八年。

マテオ・アギーレ『嵐と若者たち』ブエノスアイレス、一九一一年。

マテオ・アギーレ『滝の魂』ブエノスアイレス、一九三六年。

カルロス・エビア『海と書斎』モンテビデオ、一九七九年。

カルロス・エビア『サン・マルティン　決定版』モンテビデオ、一九七二年。

カルロス・エビア『ジェイソンの賞』モンテビデオ、一九八九年。

カルロス・エビア『モンテビデオ市民とブエノスアイレス市民』ブエノスアイレス、一九九八年。

ジム・オバノン『アメリカの夜明けにおけるジム・オブラディの子供たち』ロサンジェルス、一九三三年。

ジム・オバノン『階段の林檎』アトランタ、一九七九年。

ジム・オバノン『川、その他の詩』ロサンジェルス、一九九一年。

ジム・オバノン『ジム・オバノン傑作詩選』ロサンジェルス、一九九〇年。

ジム・オバノン『ジム・オブラディとの対話』シカゴ、一九七四年。

ジム・オバノン『耕されざる土地』アトランタ、一九七一年。

ジム・オバノン『天国と地獄への階段』ロサンジェルス、一九八六年。

ジム・オバノン『ニューヨーク再訪』ロサンジェルス、一九九〇年。

ジム・オバノン『メイコンの夜』メイコン、一九六一年。

ジム・オバノン『燃えさかる詩の階段』シカゴ、一九七三年。

ジム・オバノン『勇者たちの道』アトランタ、一九六六年。

マックス・カシミール『神の詩』ポルトープランス、一九七四年。

マックス・カシミール『最初の偉大な共和国』ポルトープランス、一九七二年。

イルマ・カラスコ『アジアの聖母』メキシコシティ、一九五四年。

イルマ・カラスコ『あなたのためにかすれた声』メキシコシティ、一九三〇年。

イルマ・カラスコ『女たちの運命』メキシコシティ、一九三三年。

イルマ・カラスコ『火山の衝立』メキシコシティ、一九三四年。

イルマ・カラスコ『彼女の瞳のなかの月』一九四六年、マドリードの王立劇場で初演された戯曲。

イルマ・カラスコ『雲の逆説』メキシコシティ、一九三四年。

イルマ・カラスコ『スペインの贈り物』マドリード、一九四〇年。

イルマ・カラスコ『美徳の勝利あるいは神の勝利』サラマンカ、一九三九年。

イルマ・カラスコ『ヒメコンドルの丘』メキシコシティ、一九五二年。

イルマ・カラスコ『フアン・ディエゴ』一九四八年、メキシコシティ、コンデサ劇場で初演された戯曲。

イルマ・カラスコ『ブルゴスの静かな夜』一九四〇年十二月、マドリードの王立劇場で初演された戯曲。

イルマ・カラスコ『ペラルビーリョの奇跡』一九五一年、メキシコシティ、グアダルーペ劇場で初演された戯曲。

イルマ・カラスコ『メキシコの皇后カルロータ』一九五〇年、メキシコシティ、カルデロン劇場で初演された戯曲。

アマード・コウト『言うべきことは何もない』リオデジャネイロ、一九七八年。

アマード・コウト『最後の言葉』リオデジャネイロ、一九八二年。

アマード・コウト『無言の少女』リオデジャネイロ、一九八七年。

フェデリコ・ゴンサレス＝イルホ編・注解『知られざるアルゼンチン詩人たち』ブエノスアイレス、一九九五年。「奇妙な」詩のアンソロジー。

ペドロ・ゴンサレス＝カレーラ『残酷の弁護人』サンティアゴ、一九八〇年。

ペドロ・ゴンサレス＝カレーラ『12』カウケネス、一九五五年。

ペドロ・ゴンサレス＝カレーラ『書簡集』サンティアゴ、一九八二年。

ペドロ・ゴンサレス＝カレーラ『全詩集Ｉ』サンティアゴ、一九七五年。

ペドロ・ゴンサレス＝カレーラ『全詩集Ⅱ』サンティアゴ、一九七七年。

クルシオ・サバレータ『首に縄を巻かれて』サンティアゴ、一九九三年。

シルビオ・サルバティコ『アルゼンチンへの三つの詩』ブエノスアイレス、一九二三年。

シルビオ・サルバティコ『暗殺者の目』ブエノスアイレス、一九六二年。

シルビオ・サルバティコ『運命の雌犬』ブエノスアイレス、一九二三年。

シルビオ・サルバティコ『悲しげな目』ブエノスアイレス、一九二九年。

シルビオ・サルバティコ『果報は寝て待て』ブエノスアイレス、一九二九年。

シルビオ・サルバティコ『機械主義の詩』ブエノスアイレス、一九二八年。

シルビオ・サルバティコ『苦痛とイメージ』ブエノスアイレス、一九二二年。

シルビオ・サルバティコ『センターフォワード』ブエノスアイレス、一九二七年。

シルビオ・サルバティコ『ディアナの夢』ブエノスアイレス、一九二〇年。

シルビオ・サルバティコ『鉄道と馬』ブエノスアイレス、一九二五年。

シルビオ・サルバティコ『眠れぬ夜』ブエノスアイレス、一九二一年。

シルビオ・サルバティコ『浜辺の足跡』ブエノスアイレス、一九二二年。

シルビオ・サルバティコ『フランスの貴婦人』ブエノスアイレス、一九四九年。

シルビオ・サルバティコ『名誉の野』ブエノスアイレス、一九三六年。

シルビオ・サルバティコ『野球場』ブエノスアイレス、一九二五年。

シルビオ・サルバティコ『私の倫理』ブエノスアイレス、一九二四年。

ハリー・シベリウス『ヨブの正嫡』ニューヨーク、一九九六年。

ウィリー・シュルホルツ『幾何学』サンティアゴ、一九八〇年。

ウィリー・シュルホルツ『幾何学Ⅱ』サンティアゴ、一九八三年。

ウィリー・シュルホルツ『幾何学Ⅲ』サンティアゴ、一九八四年。

ウィリー・シュルホルツ『幾何学Ⅳ』サンティアゴ、一九八六年。

ウィリー・シュルホルツ『幾何学Ⅴ』サンティアゴ、一九八八年。

アルヘンティーノ・スキアッフィーノ『あるアルゼンチン人の思い出』フロリダ州タンパ、二〇〇五年。

アルヘンティーノ・スキアッフィーノ『アルゼンチン傑作ジョーク集』ブエノスアイレス、一九七二年。

アルヘンティーノ・スキアッフィーノ『アルヘンティーノ・スキアッフィーノ傑作集』ブエノスアイレス、一九八九年。

アルヘンティーノ・スキアッフィーノ『ある未回復領土の思い出』ブエノスアイレス、一九八四年。

アルヘンティーノ・スキアッフィーノ『悔恨の騎士』マイアミ、二〇〇七年。

アルヘンティーノ・スキアッフィーノ『孤独』ロサンジェルス、一九八七年。

アルヘンティーノ・スキアッフィーノ『狂人たちの襲撃』ブエノスアイレス、一九八五年。

アルヘンティーノ・スキアッフィーノ『首脳会談』ブエノスアイレス、一九七四年。

アルヘンティーノ・スキアッフィーノ『空のスペクタクル』ブエノスアイレス、一九七四年。

アルヘンティーノ・スキアッフィーノ『宝』マイアミ、二〇一〇年。

アルヘンティーノ・スキアッフィーノ『ダチョウ』ブエノスアイレス、一九八八年。

アルヘンティーノ・スキアッフィーノ『地は混沌なり』ブエノスアイレス、一九九六年。

アルヘンティーノ・スキアッフィーノ『チミチュリ・ソース』ブエノスアイレス、一九九一年。

アルヘンティーノ・スキアッフィーノ『チャンピオンたち』ブエノスアイレス、一九七八年。

アルヘンティーノ・スキアッフィーノ『チリの侵略』ブエノスアイレス、一九七三年。

アルヘンティーノ・スキアッフィーノ『鉄の青年たち』ブエノスアイレス、一九七四年。

アルヘンティーノ・スキアッフィーノ『鉄の船』ブエノスアイレス、一九九一年。

アルヘンティーノ・スキアッフィーノ『デルタで聞いた物語』ニューオーリンズ、二〇一三年。

アルヘンティーノ・スキアッフィーノ『ブエノスアイレスのレストランに関する一大小説』ブエノスアイレス、一九八七年。

アルヘンティーノ・スキアッフィーノ『我々はうんざりしている』ブエノスアイレス、一九七三年。著者によるマニフェスト。

イタロ・スキアッフィーノ『荒ぶる牡牛のごとく』ブエノスアイレス、一九七五年。

イタロ・スキアッフィーノ『栄光の道』ブエノスアイレス、一九七二年。

イタロ・スキアッフィーノ『青春の時間』ブエノスアイレス、一九六九年。著者のマニフェスト。

イタロ・スキアッフィーノ『猟犬どもよ、青ざめろ』ブエノスアイレス、一九六九年。

イタロ・スキアッフィーノ『若者たちに乾杯』ブエノスアイレス、一九七八年。

イグナシオ・スビエタ『鉄十字』ボゴタ、一九五九年。

イグナシオ・スビエタ『花の十字架』ボゴタ、一九五〇年。

アンドレス・セペーダ＝セペーダ『ピサロ通りの運命』アレキパ、一九六〇年。加筆修正を施した新装、リマ、一九六八年。

ザック・ソーデンスターン『アニータ』ロサンジェルス、二〇一〇年。

ザック・ソーデンスターン『A』ロサンジェルス、二〇一三年。

ザック・ソーデンスターン『革命』ロサンジェルス、一九九一年。

ザック・ソーデンスターン『ガラスの大聖堂』ロサンジェルス、一九九五年。

ザック・ソーデンスターン『キャンデイシ』ロサンジェルス、一九九〇年。

ザック・ソーデンスターン『コウモリ・ギャング』ロサンジェルス、二〇〇四年。

ザック・ソーデンスターン『シンバ』ロサンジェルス、二〇〇三年。

ザック・ソーデンスターン『地図の検査』ロサンジェルス、一九九三年。

ザック・ソーデンスターン『デンバーの第四帝国』ロサンジェルス、二〇〇二年。

ザック・ソーデンスターン『頭足類』ロサンジェルス、一九九九年。

ザック・ソーデンスターン『到着』ロサンジェルス、二〇二二年。遺作。

ザック・ソーデンスターン『ナパの小さな家』ロサンジェルス、一九八七年。

ザック・ソーデンスターン『南部の戦士たち』ロサンジェルス、二〇〇一年。

ザック・ソーデンスターン『プエブロの廃墟』ロサンジェルス、一九九八年。

ザック・ソーデンスターン『無題』ロサンジェルス、二〇二三年。

ザック・ソーデンスターン『われらの友B』ロサンジェルス、一九九六年。

フランツ・ツビカウ『戦争犯罪人の息子』カラカス、一九六七年。

フランツ・ツビカウ『独房キャンプ』カラカス、一九七〇年。

フランツ・ツビカウ『バイク乗り』カラカス、一九六五年。

フランツ・ツビカウ『マイネ・クライネ・ゲディヒテ』カラカス、一九八二年、ベルリン、一九九〇年。

ダニエラ・デ・モンテクリスト『アマゾネス』ブエノスアイレス、一九六六年。

アベラルド・デ・ロッテルダム『少年たち』ニューヨーク、一九七六年。エルネスト・ペレス＝マソンがペンネームを用いて書いたポルノ小説。

エデルミラ・トンプソン『アナ、救われた農婦』ブエノスアイレス、一九三五年。オペラのパンフレット。

エデルミラ・トンプソン『新たな泉』ブエノスアイレス、一九三一年。

エデルミラ・トンプソン『アルゼンチンの時間』ブエノスアイレス、一九二五年。

エデルミラ・トンプソン『世界の子供たち』パリ、一九二二年。

エデルミラ・トンプソン『全詩集』全二巻、ブエノスアイレス、一九六二年、一九七九年。

エデルミラ・トンプソン『熱狂』ブエノスアイレス、一九八五年。全集に未収録の若書きの詩。

エデルミラ・トンプソン『パパへ』ブエノスアイレス、一九〇九年。

エデルミラ・トンプソン『ポーの部屋』ブエノスアイレス、一九四四年。繰り返し再版されるとともに翻訳もあるが、版によって売れ行きはまちまちである。トンプソンの代表作。

エデルミラ・トンプソン『ヨーロッパの教会と墓地』ブエノスアイレス、一九七二年。

エデルミラ・トンプソン『ヨーロッパの時間』ブエノスアイレス、一九二三年。

エデルミラ・トンプソン『子供たち《レザンファン》』パリ、一九二二年。

エデルミラ・トンプソン『わが生涯』初の自伝。ブエノスアイレス、一九二一年。

エデルミラ・トンプソン（アルド・カロッツォーネとの共著）『私が生きた世紀』ブエノスアイレス、一九六八年。

ガスパー・ハウザー『あるがままの人生』サンティアゴ、一九九〇年。ウィリー・シュルホルツがペンネームを使って書いた。

J・M・S・ヒル『アーリー物語』ニューヨーク、一九二六年。

J・M・S・ヒル『ウィル・キルマーティンの燃える脳』ニューヨーク、一九三四年。

J・M・S・ヒル『火星最後の運河』ニューヨーク、一九三四年。

J・M・S・ヒル『還元剤』ニューヨーク、一九三三年。

J・M・S・ヒル『監視クラブ』ニューヨーク、一九三一年。

J・M・S・ヒル『消えた子供たちの影』ニューヨーク、一九三〇年。

J・M・S・ヒル『ケンタウルス座β星の訪問者たち』ニューヨーク、一九二八年。

J・M・S・ヒル『指紋泥棒』ニューヨーク、一九三五年。

J・M・S・ヒル『血塗られた瘢痕の一族』ニューヨーク、一九二九年。

J・M・S・ヒル『洞窟のカウボーイたち』ニューヨーク、一九二八年。

J・M・S・ヒル『トロイの陥落』トピーカ、一九五四年。

J・M・S・ヒル『ベテルギウスの失踪船』ニューヨーク、一九三六年。

J・M・S・ヒル『呪われた遠征』ニューヨーク、一九三二年。

J・M・S・ヒル『蛇の世界』ニューヨーク、一九二八年。

J・M・S・ヒル『雪の旅人たち』ニューヨーク、一九二四年。

J・M・S・ヒル『ロスコー・スチュアートの野生世界』ニューヨーク、一九三二年。

ヘスス・フェルナンデス＝ゴメス『新秩序の宇宙発生論』ブエノスアイレス、一九七七年。

ヘスス・フェルナンデス＝ゴメス『ファランヘ党員の南米人　ヨーロッパでの戦いの日々』ブエノスアイレス、一九七五年。

ヘスス・フェルナンデス＝ゴメス『ブラカモンテ伯爵夫人』カリ、一九八六年。

ルイス・フォンテーヌ『ヴォルテールへの反駁』リオデジャネイロ、一九二一年。

ルイス・フォンテーヌ『サルトル「存在と無」への批判』第一巻、リオデジャネイロ、一九五五年。

ルイス・フォンテーヌ『サルトル「存在と無」への批判』第二巻、リオデジャネイロ、一九五七年。

ルイス・フォンテーヌ『サルトル「存在と無」への批判』第三巻、リオデジャネイロ、一九六〇年。

ルイス・フォンテーヌ『サルトル「存在と無」への批判』第四巻、リオデジャネイロ、一九六一年。

ルイス・フォンテーヌ『サルトル「存在と無」への批判』第五巻、リオデジャネイロ、一九六二年。

ルイス・フォンテーヌ『ダランベールへの反駁』リオデジャネイロ、一九二七年。

ルイス・フォンテーヌ『ディドロへの反駁』リオデジャネイロ、一九二五年。

ルイス・フォンテーヌ『敵対者の闘い』リオデジャネイロ、一九三九年。

ルイス・フォンテーヌ『ヘーゲルへの反駁』（『マルクスとフォイエルバッハへの短い反駁』を併録）、一九三八年。

ルイス・フォンテーヌ『ポルト・アレグレの夕暮れ』リオデジャネイロ、一九六四年。

ルイス・フォンテーヌ『モンテスキューへの反駁』リオデジャネイロ、一九三〇年。

ルイス・フォンテーヌ『ヨーロッパにおけるユダヤ人問題』リオデジャネイロ、一九三七年。

ルイス・フォンテーヌ『ルソーへの反駁』リオデジャネイロ、一九三二年。

マックス・フォン・ハウプトマン『熱帯の部屋』パリ、一九七三年。増補版、ポルトープランス、一九七六年。

ジョン・リー・ブルック『失われた星について』ロサンジェルス、一九八九年。

ジョン・リー・ブルック『カルマ・爆発――流浪の星』ロサンジェルス、一九八〇年。

ジョン・リー・ブルック『孤独』ロサンジェルス、一九八六年。

ジョン・リー・ブルック『死の回廊』ロサンジェルス、一九九五年。

ジョン・リー・ブルック『ジョン・R・ブルックの要求、その他の詩』ロサンジェルス、一九七五年。

ホルヘ・エステバン・ペトロビッチ『プエルト・アルヘンティーノの子供たち』ブエノスアイレス、一九八四年。架空の戦争における冒険小説。

エルネスト・ペレス＝マソン『ある無政府主義者の回想』ニューヨーク、一九七七年。

エルネスト・ペレス＝マソン『縛り首の木』ハバナ、一九五八年。

エルネスト・ペレス＝マソン『ハバナのドン・ファン』マイアミ、一九七九年。

エルネスト・ペレス＝マソン『貧者のスープ』ハバナ、一九六五年。

エルネスト・ペレス＝マソン『魔女たち』ハバナ、一九四〇年。

エルネスト・ペレス＝マソン『マソン一族の才覚』ハバナ、一九四二年。

エルネスト・ペレス＝マソン『無情』ハバナ、一九三〇年。

エドガー・アラン・ポー「家具の哲学」『エッセーと批評』（フリオ・コルタサル訳）に収録。

セグンド・ホセ・エレディア『薔薇の告白』カラカス、一九五八年。

セグンド・ホセ・エレディア『P軍曹』カラカス、一九五五年。

セグンド・ホセ・エレディア『無礼講』カラカス、一九七〇年。

セグンド・ホセ・エレディア『夜間信号』カラカス、一九五六年。

グスタボ・ボルダ『シウダーフエルサの未解決事件』メキシコシティ、一九九一年。

グスタボ・ボルダ『シウダーフエルサの黙示録』メキシコシティ、一九九九年。

グスタボ・ボルダ『シウダーフエルサへの帰還』メキシコシティ、一九九五年。

グスタボ・ボルダ『ヌエバ・シウダーフエルサの誕生』メキシコシティ、二〇〇五年。

T・R・マーチソン『T・R・マーチソン作品集』シアトル、一九九四年。アーリア同盟のさまざまな雑誌に掲載されたマーチソンの短篇と記事をほぼすべて収録。

マックス・ミルバレー『そよ風の国』ポルトープランス、一九七一年。

マックス・ミルバレー『四人のハイチ詩人——ミルバレー、カシミール、フォン・ハウプトマン、ル・グール』ポルトープランス、一九七九年。

ファン・メンディルセ『アルゼンチンの騎手』ブエノスアイレス、一九六〇年。

ファン・メンディルセ『エゴイストたち』ブエノスアイレス、一九四〇年。

ファン・メンディルセ『輝く闇』ブエノスアイレス、一九七四年。

ファン・メンディルセ『沈む島々』ブエノスアイレス、一九八六年。遺作。

ファン・メンディルセ『青春の熱情』ブエノスアイレス、一九六八年。

ファン・メンディルセ『パタゴニアのペドリート・サルダーニャ』ブエノスアイレス、一九七〇年。

ファン・メンディルセ『マドリードの春』ブエノスアイレス、一九六五年。

ルス・メンディルセ『アルゼンチンの絵画』ブエノスアイレス、一九五九年。千五百行からなる詩一川。

ルス・メンディルセ『ハリケーンのごとく』メキシコシティ、一九六四年。決定版、ブエノスアイレス、一九六五年。

ルス・メンディルセ『ブエノスアイレスのタンゴ』ブエノスアイレス、一九五三年。

カルロス・ラミレス＝ホフマン『ファン・サウエルへのインタビュー』ブエノスアイレス、一九七九年。おそらく自作自演のインタビュー。

カルロス・ラミレス＝ホフマン『空に書く』サンティアゴ、一九八五年。カルロス・ラミレス＝ホフマンの空中詩の写真集。作者の許可を得ずに出版された。

フリアン・リコ＝アナヤ『老いた心と若い心』ブエノスアイレス、一九七八年。

カロラ・レイバ『見えない修道女』ブエノスアイレス、一九七五年。エデルミラ・トンプソンに捧げられた本だが、実際はルス・メンディルセの詩の焼き直しにすぎない。

ローリー・ロング『アメリカとの会話』ロサンジェルス、一九九二年。書籍、オーディオCD、CD-ROM。

ローリー・ロング『健康と力』ロサンジェルス、一九八四年。

ローリー・ロング『素朴な哲学』ロサンジェルス、一九八七年。

ローリー・ロング『ノアの箱舟』ロサンジェルス、一九八〇年。

ローリー・ロング『夜明け』フェニックス、一九七二年。

解説　語られる名前たち

円城塔

現在、スペイン語を母語とする人間は四億人を超えるといわれる。これにスペイン語と極めて近しい親戚関係にあるポルトガル語を母語とする約二億人を加えると、英語を母語とする人々の五億人と少しという数をしのぐことになる。南米、中米、メキシコの公用語はほぼスペイン語とポルトガル語に占められている。太平洋を中心とした世界地図を見慣れているとつい忘れてしまいがちだが、南北アメリカ大陸とヨーロッパ大陸の距離は短く交流は密である。

もっともその距離の近さはあくまでも大西洋で隔てられたものである。だから、一九四五年に終結する第二次世界大戦を、連合国側として参戦した南米諸国は海の向こうの戦争としてどこか長閑に見ることができた。敗北したナチスドイツ、自称第三帝国の残党が南米に活路を見いだしたのも、この遠くて近い距離感による。強制収容所を指揮したアドルフ・アイヒマンは一九六〇年にモサドに連行されるまでアルゼンチンに潜んでいたし、人体実験で悪名高いヨーゼフ・メンゲレは南米諸国を逃げ回り、一九七九年にブラジルで客死している。未だにジャングルの奥地から鉤十字つきの施設の遺構が発見されたりすることがある。

このあたりの平仄をつかんでおかないと、本書に出てくる「アルゼンチン第四帝国社」といった命名の面白みが半減するかも知れず、あるいは、「北米の詩人たち」の部に登場する「ローリー・ロング」伝の中の一文、「彼はたとえば、レニ・リーフェンシュタールとエルンスト・ユンガーがセックスする詩を書いた」などに首をひねることになるかも知れない。いやそもそも、「アメリカ大陸」と「ナチス」の関連が突拍子もないものに見えかねない。

だがしかし、今の世には検索という便利な手段が存在しており、ボラーニョが張り巡らせた網目に手軽に取り組んでみることが可能だ。網目をほどくつもりで、実際は絡めとられていきながら驚くのは、むしろこの機械支援による検索という道具なしにこれだけのものを創作したボラーニョの力量ということになるだろう。

本書『アメリカ大陸のナチ文学』(一九九六)は、ファシストや、極右的思想や神秘主義を奉じる人々等々、架空の右派作家人名事典であり、三十人分の伝記を収めた列伝である。『野生の探偵たち』(一九九八)や『２６６６』(二〇〇四)の「犯罪の部」にも継承されることになる膨大な登場人物たちの洪水がここに見られる。

ボラーニョにとって、右派について考えるのは極めて自然なことだった。チリに生まれ育ち、メキシコへ引っ越していた青年ボラーニョは、社会主義政権が樹立されたチリに舞い戻り、軍部によるクーデターでその理想が潰えるのを目撃することになる。南米では今でも「９・11」という言葉で、一九七三年九月十一日に起こったこのチリ・クーデターを指すことが多いというからその衝撃の大きさは知れる。

事典という形をとり、文章は平明である。あまりに平明なせいで、思いつきさえあれば誰にでも書けるのではないかという疑惑さえ引き起こしかねない。勿論それは錯誤であって、事典文体には事典文体の特質があり、特殊な才能が必要とされる。それを何気なく、違和感を抱かせずに並べていく手腕がずば抜けているが、これは職業作家の技術ということにできるかも知れない。

戦慄するべきなのは、この列伝の主人公たちが全て架空の人間であるということである。なんだそんなことかと思われるかも知れないが、小説において一番手がかかるのは、人名や通りの名前、年齢設定のつじつま合わせや、時代との整合性であったりする。

たとえば小説に登場させることができるような名前を百人分用意するというのは想像以上に面倒な作業であって、短歌か俳句をひねるような難しさがある。凡庸すぎる名前は使えず、奇を衒うとわざとらしい。名前が話の筋を左右することだってあり、実際問題、現実世界において名前がその人の運命を左右することは珍しくない。小説家というものが登場人物の人生に対して何か責任のようなものを負ってしまう以上、サイコロを振るようにしてあとは任せたとはなかなかできない。人の名前を決めるということは同時に、暮らす通りの名前を決めることであり、その人物の著作のタイトルを決めることであり、知人たちの名前を、その住居の場所を決めていく作業に連なっていき、原理的には、設定が既存の歴史と同じ大きさになるまで続きうる。さすがに宇宙全体を設定するのは時間的に困難だから、架空の設定はどこかで現実に着地することになるのだが、さて、本書において、着地の衝撃に気がつくことは困難である。

ここに登場してくる人物たちで、南北アメリカ大陸、西ヨーロッパにおける人々の動きを活写できてしまうところがスペイン語の強さでもある。これが日本の名前三十個ほどでどれほどの広がりを持つ「世界史」を描くことができるのかとなると心許ない。

登場する作家たちのほとんどは、なによりもまず詩を書いている。詩は世界の本質を摑み、詩人は世界の真の姿を垣間みるからである。この世には理屈や道理では辿り着けない領域が存在し、それが人間を人間たらしめており、ゆえに文学は存在するし、するはずであり、しなければならない。

だがしかし、筋道立てては到達できないとされるものに到達する手段の正当性はどう判断されるべきだろう。そうして更に、そこで見いだされたものが正しいのかは、どうやって確認できるのだろう。

たとえば、非道な人生を送った人物が、あるいは恐ろしい出来事を進行形で取材した人物が素晴らしい詩を書いた場合はどうなるか。作品は素晴らしい、人間としては罪を負う、という言明までが文学の担当範囲なのだろうか。

たとえば、詩人が極右的な詩をこの世の真実の姿として幻視してしまった場合に、それをどう扱うべきか。是非を問えば明らかに非であるものを、しかしどうすれば否定することができるのか。理屈から生まれていないものを、理屈で否定することはできない。詩人を倒すことができるのは詩人だけだが、その超越的な抗争は一体誰にジャッジできるのか。

ナチス党大会の記録映画『意志の勝利』を芸術の域に高めたリーフェンシュタールや、戦争を永遠の闘争として文学的に捉えるユンガーを、どう考えることができるのか。

創作の秘密や才能はどこか神秘的なものを帯びている。作者はその作品における神だと言われることもある。しかしでは、神の恩寵ではなく人の力で、神懸かりではなく意志の力で、何かを、詩を作り出すということは、一体どういう行為となるのか。正気では作り出すことのできない詩なるものを、狂気に陥らずに作り出すことはできるのかという問いがここに現れる。

この難問に取り組むためにボラーニョが採用したのが人名事典であり、これによって中立的な描写が可能となった。ボラーニョがナチスを称揚するわけでも、神懸かりを支持するわけでもないことは、タイトルから既に明らかであり、心ある者には明らかである。そうしてボラーニョが取り上げたいのは何も、ナチスの愚かさや神秘主義者の独りよがりだけではなく、そうしたものが生み出され、命脈を繋いでいく仕組みに及ぶ。我々がそうと意識しないまま、当たり前のように受け入れている事柄が既にナチズムの萌芽を含んでおり、自分もそれから自由ではないことを描く。右派を愚かだと切り捨て、神秘主義者を滑稽だと笑ったところで、自分が賢くなるわけでもないのだ。

ナチスを支持した人々、フランコ政権を、ヴィシー政府を支持した人々は、頭が悪かったからか、感受性が鈍かったからそうしたのか、回避する方法は存在したのか、それとも誰もがふとしたかねあいで支持する可能性があったのか、世界の真実を見定めることのできる文学者は、詩人は、馬鹿げたことをせずにすむのか、これまでは無理だったとしても、歴史に学び、これからは可能になるのかどうかが考えられるべきことである。

強い個性を放つ列伝の登場人物たちは、戯画的でもあるがしかし同時に、我々が日常的に目にする光景を切り取っているだけでもある。たとえば、「幻視、ＳＦ」の部に登場するグアテマラのＳＦ作家、グスタボ・ボルダはヒトラーよろしく小男だが、

「作品の登場人物は背が高く金髪碧眼である。彼の小説に出てくる宇宙船はドイツ語の名前がついている。乗組員たちもドイツ人である。宇宙の植民地にはニューベルリン、ニューハンブルク、ニューフランクフルト、ニューケーニヒスベルクといった名がついている。また宇宙警察官は、ＳＳが二十二世紀まで生き延びていたらこうだろうと思うような服装と振る舞いをしている」

現在でもとてもよく見かける設定だ。ボラーニョは淡々とこう続ける。

「それを除けば、プロットは常に型どおりだった」

ありきたりのものにそれらしい装飾を施しただけで、受けのよい商品が生産される。この「だけ」が問題である。それ「だけ」のことなのだから目くじら立てる必要はない、という意見には、こう返すべきである。それ「だけ」のことからでもファシズムは世に浸透する手掛かりを得る。

本書の末尾にはエピローグとして、架空の「人物」、「出版社、雑誌、場所」、「書籍」のリストがつけられている。冗談を含むものは徹底的にやらなければ価値が半減するという作家の態度表明と見ることもできるわけだが、自分の作り出した登場人物たちが、本当に人間として存在したことがありますようにと願いを込める所作とも映る。

ボラーニョの小説には失踪者が多く登場する。歴史の中には、ファシスト政権下どこかへ連れ去られたきりの人々、チリ・クーデターで姿を消した人々、ラテンアメリカで暗躍した「死の部隊」に消し去られた人々が存在するが、この人々の行方は今も不明だ。その人々が存在したと示すためには記録を残すしかないが、記すべき記録が存在しない人々の姿がここにある。

もし今自分がこうして記す「架空の人間」が本当にかつて存在していたとしたなら、とボラーニョは考えただろうと思う。自分だけしか知らないその人物の実在を、他人に信じてもらうことはできるのだろうか。

訳者あとがき

ロベルト・ボラーニョについて語るうえで欠くことのできない人物にホルヘ・エラルデがいる。ボラーニョの本をほぼすべて出しているバルセロナのアナグラマ社の編集者で、ボラーニョと出会って以来ずっと彼の良き理解者となってきた。そのエラルデがささやかな回想録 *Para Roberto Bolaño*, Acantilado, Barcelona, 2005（『ロベルト・ボラーニョのために』）で彼を偲んでいる。それによると、ボラーニョは文学賞に応募するなどして、『アメリカ大陸のナチ文学』の原稿を少なくともアルファグアラ、デスティノ、プラサ&ハネスなど複数の出版社に送ったという。まさに『通話』の冒頭を飾る短篇「センシニ」で語られていることをやったのだ。アナグラマ社には一九九五年七月に原稿が届いた。その小説は一次選考を通過し、その後エラルデ自身が読んでとても気に入った。ところが、貧しいために当時電話を持っていなかったボラーニョから手紙が届き、そこには別の出版社と契約を結んだと書かれていたので仰天する。なぜなら、受賞しようがしまいが出版するつもりだったからである。彼はボラーニョの生活の逼迫ぶりを知らなかったのだ。そこで自分に会いに来るようにと手紙を書き、やがて二人は直接知り合うことになる。そのときの会話で、各社から断られ続けていたときにある出版社から採用通知が届き、条件はよくなかったものの飛びついたことが判明する。手紙をよこしたのはセイス・バラル社の編集長マリオ・ラクルスだった。ともかくこうして、小説にしては変わっているとエラルデが評した『アメリカ大陸のナチ文学』は一九九六年に日の目を見た。『アメリカ大陸のナチ文学』を諦めたエラルデは、面会の折に、ほかに原稿はないかと訊いた。するとボラーニョは『はるかな星』があると答えたため、エラルデはその年直ちにそれを出版する。以後ボラーニョ作品はすべてアナグラマが版元となり、こうしてエラルデ／ボラーニョのコンビがスタートすることになる。

一方、このときの会話でボラーニョは、以前A・G・ポルタと組んで書いた小説『ジム・モリソンの弟子からジョイス狂への忠告』（一九八四年）も実は当時最終選考に残っていたことを知る。タイトルは『野生の探偵たち』に登場する詩人ウリセス・リマのモデル、マリオ・サンティアゴの詩のタイトルをもじっている。この作品はボラーニョの没後に再版され、現在読むことができるが、そこに付された序文でポルタが披露している記憶によると、その共著が書かれたころボラーニョはすでに『アメリカ大陸のナチ文学』を手掛けていて、彼に共同執筆を持ちかけたという。だがそのころ小説を諦め教育出版の世界に移っていたポルタは断り、その結果『アメリカ大陸のナチ文学』はボラーニョ単独の作品となった。

ボラーニョの読者にとっては幸いだったと言える。というのも当時彼が「簡略事典」と呼んだ本を形作る短篇のようなものの群れを通じて我々が絶えず出遭うのは、まぎれもないボラーニョ・ワールド特有の歪んだイメージや要素にほかならないからだ。表向きは「簡略事典」になっているとはいえ、本書には文学や哲学を語る知的で高尚なレベルと、ポルノや刃傷沙汰、スカトロジーなどそれとは対照的な卑俗で猥雑な大衆性の混交、小説と詩、エッセーなどのジャンルの混交、消えた詩人の追跡、親友二人組の冒険、登場人物たちの目まぐるしい移動、クーデターと軍事政権の記憶といったモチーフ、ブラックユーモアなど、後年の作品を彩るイメージや要素の集積あるいは小宇宙が形作られている。そして「簡略事典」らしく「項目」の分量に違いはあるものの、全体として、合わせて三十人の作家・詩人を紹介する一種の短篇集として読むことができる。とくにユニークなのは、個々の項目あるいは短篇に、過去から未来まで主人公の生没年が付されていることで、それによって項目／短篇は各々独立すると同時に完結している。一方、それらが他の項目やそこに登場する人物や事項とインターテクスチュアルに繋がっている場合も少なくない。さらに項目／短篇を組み合わせることにより、より大きなユニットを見出すことも可能だろう。

訳者はこれまでオーソドックスな文学事典の項目を執筆したことが何度かあるので、翻訳しながらその経験をしばしば思い出した。ところがこの「事典」は「事典」として読むと実に奇妙だ。通常の事典とは明らかに情報の取捨選択の基準が異なっているし、謎は謎のまま放置されたり、新たな謎を生んでいる。読者に事実を知らせるというよりも、事実について疑わせたり考えさせたりするのだ。そして本来なら排除されて然るべき語り手の主観やバイアスが常に感じられ、それがボラーニョ独自の文体を作っている。

登場する詩人・作家三十人はいずれも架空の存在で、作品も実在しない。それはボルヘス的遊戯であり、実際、『アメリカ大陸のナチ文学』が、ボルヘスの悪党列伝『汚辱の世界史』や架空の本についての評論の形を借りた「アル・ムターシムを求めて」などの短篇から刺激を受けていることは間違いない。それにボルヘスには『幻獣辞典』や『ブストス=ドメックのクロニクル』のような共著もあり、ポルタに執筆を呼びかけたのはそのあたりを意識してのことだったかもしれない。

ここで興味深いのは、ボルヘスの知的遊戯には先行作品としてフランスの作家マルセル・シュオブの短篇集『架空の伝記』があることだ。ボルヘスは世界文学のアンソロジー「個人図書館」に『架空の伝記』の作品を入れ、序文を書いているが、ボラーニョにとってもこのフランスの作家による古今の人物二十三人を取り上げた短篇集は、『アメリカ大陸のナチ文学』を創作するうえでもちろんヒントになっただろう。

また、より直接的には、アルゼンチン出身でイタリアに移住した異色の作家ファン・ロドルフォ・ウィルコックの『偶像破壊者たちのシナゴーグ』からも刺激を受けていることをボラーニョ自身が明かしている。この本のオリジナルはイタリア語で書かれ、一九七二年にミラノで出版されているが、一九八二年にスペイン語版がほかならぬアナグラマ社から出ているのだ。「ウィルコックの本は僕に歓びを取り戻してくれた。そんなことができるのは、文学の傑作でありながら同時にブラックユーモアの傑作でもあるリヒテンベルクの『箴言集』か、スターンの『トリストラム・シャンディ』ぐらいのものだ」とボラーニョは言う。

ウィルコックの本は三十五人の主にヨーロッパ人について、ボラーニョとは違ってその人生全体ではなく、ある側面を紹介する。とはいえ事典風でありながら、テレパシー能力を備えた人物が登場したり、ユーモアやナンセンスを含む文体が似ていたりして、ボラーニョが参照したことはほぼ間違いない。だからこそボラーニョはヨーロッパではなくアメリカ大陸の作家・詩人に限って扱い、また生没年や「エピローグ」を加えるなどして差異化を図ったと見ることもできる。それにウィルコックには『モンスターたちの本』、『ヒトラーとマリア・アントニエッタの結婚』という作品もある。いずれもイタリア語で書かれ、スペイン語訳が出るのはずっと後のことなので、ボラーニョが読んだ可能性は低いが、『アメリカ大陸のナチ文学』のエピローグや作中のエピソードとの関連で気になるタイトルだ。

近いところでは、スタニスワフ・レムの『完全な真空』（一九七一年）や『虚数』（一九七三年）といった作品はどうだろう。刊行年を考慮すれば、アメリカやさらにはグアテマラのSF作家を登場させるほどのSF好きでもあるボラーニョが、このレムの架空の書評・序文集を読んでいないわけがない。とはいえ、同じように〈ポスト・ボルヘス的書物〉を書いていると言っても、二人の作風や志向性は異なっている。ボラーニョと比べるとレムの作品のほうがボルヘスに似て観念性や抽象度が高いのに対し、ボラーニョは人間そのものや人間臭い現実により関心があるようだ。それは暴力や性の比重の違いにも現われている。レムの『虚数』にセックスする人間のX線写真集というのが出てくるが、ボラーニョの作品では老人同士がセックスするのだ。

ボラーニョが好んで用いる概念に剽窃がある。正確には引用、借用、パロディなどとは区別されるはずだが、彼はそれらを剽窃と総称してむしろポジティブに捉え、モチーフのひとつにしてしまう。実際、本書の冒頭で語られるエデルミラ・トンプソン・デ・メンディルセの代表作『ポーの部屋』は、彼女が心酔するポーのエッセー「家具の哲学」で語られる部屋そのものを再現し、さらにエッセーを書いてなぞるという話だが、それをまた語り手がなぞるという重層的構造になっていて笑わせる。もちろんエデルミラ自身はその行為を大真面目に行なうのだ。ここにはピエール・メナールによる『ドン・キホーテ』の剽窃行為をもっともらしい調子で語り、オリジナルな創作行為に高めてしまうボルヘスの声が木霊しているようだ。剽窃そのものを「芸術」にするハイチの詩人マックス・ミルバレーもピエール・メナールに連なるが、メナールやエデルミラの一途さとはいささか位相が異なる展開を示す。彼は剽窃のバリエーションをさらに増やし、ペソア顔負けの複数の人格を意識的に作ってみせるのだ。もっともその手法は過剰ではあるが、確かに芸術家のある種の側面を突いていて、剽窃がそれと気づかれずに評価されてしまうというあたりには、創作という行為に対するボラーニョならではの皮肉が感じられる。

三十人の作家・詩人は架空の存在だが、その人物像に実在の人物のイメージが見え隠れすることも少なくない。ただし、ある特定の人物の総体ではなく、部分が採られて合成されているのが特徴だ。また架空の書き手や作品にまじって本物への言及や引用が無数に隠されていることで、架空と現実があたかもアルチンボルドの絵画のように合成され、再構成されてアマルガムのリアリティが生まれている。

わかりやすい例を挙げると、イルマ・カラスコにはフリーダ・カーロのイメージが重ねられているし、建築家の夫には壁画家ディエゴ・リベラの面影がある。ただし、いずれも大幅にデフォルメされ、ル・クレジオの小説『ディエゴとフリーダ』の二人とはおよそ異なっている。それでいてきわめて存在感がある。あるいは印象的なラミレス＝ホフマンの空中詩パフォーマンスには、ボラーニョとほぼ同世代のチリの詩人ラウル・スリータがニューヨークで行なった、五機の飛行機を使ってのパフォーマンスが重なってくる。ただし、スリータはラミレス＝ホフマンとは異なり、一九七三年のクーデターでは逮捕され、ピノチェト政権下で過酷な境遇を強いられている。

そして民政復帰なった後、『煉獄』に始まる一連の壮大な詩を書くことにより国民文学賞を受賞している。だとすると、ボラーニョはなぜスリータのイメージを小説中最大の悪人に付与したのだろう。

ここであえてボルヘスを引き合いに出して考えてみたい。リチャード・バーギンとの対話でボルヘスは、「ドイツ鎮魂曲」というナチを讃美していると批判されることもある短篇を書いた理由を、「私がどちらの側に立っていたか、誰も疑いはしないのだから、ナチに好意的な文学上の観点から何かできそうだ」と思ったので、そこに描かれているような理想的ナチを創造したのだが、実際にはそんなナチは存在しなかったと述べている。一方、ボラーニョだが、彼が若いころメキシコでダダ的詩の運動に身を投じ、一九七三年にはアジェンデの社会主義建設に貢献しようとして祖国に赴きクーデターに遭遇、逮捕拘留された経験をもつことはすでに知られている。その経歴が捏造ではないとすれば、彼がヒトラーやナチを信奉しているとは誰も考えないだろう。だからこそ彼は、常識的には悪とされる思想や主義を抱く人々を堂々と書いたのではないだろうか。しかも内戦に象徴されるように、その悪は善の裏返しあるいは善を逆照射したものなのだ。ボラーニョが戦争にこだわるのは、観方次第で善と悪、敵と味方がオセロゲームのように逆転するからかもしれない。もっともエデルミラとエビータを並べ、出身階級こそ大きく異なるが、信奉するナチズムとファシズムで繋がることを暗示するあたりは皮肉が効いている。

ボラーニョはもちろん悪を賛美するわけではない。むしろ悪とは呼ばれないまま市民生活のなかに隠れている悪を、パロディによって可視化しているとも言える。彼の作品は、先にも述べたアルチンボルドの絵画に似てだまし絵の構造を備えているようだ。だから角度や見方を変えたとき、まったく別の様相を呈することがある。

先に挙げたA・G・ポルタによると、一九八六年に二人はスペインのファシスト側の義勇兵からなる〈青い旅団〉についての長篇を書こうとしていたらしい。短篇集『通話』に収められた「ロシア話をもうひとつ」もそのバリエーションかもしれないし、本書に登場するコロンビア人の二人組イグナシオ・スビエタとヘスス・フェルナンデス＝ゴメスは〈青い旅団〉に入り、スビエタはベルリンで市街戦のさなかに戦死する。一方、フェルナンデス＝ゴメスはロシア遠征を自伝的小説のなかで語るのだが、ボラーニョとポルタの幻の長篇との関係が気になるところだ。

『通話』を読んだ読者は、その短篇集における女性の存在感の大きさに気づいたことだろう。ラテンアメリカの男性作家で、プイグを除けば、ボラーニョほど女性に焦点を当てた作家は珍しい。その特徴を早くも示しているのが『アメリカ大陸のナチ文学』である。数からすれば四人にすぎないのだが、先陣を切る形でいきなり女流詩人が登場し、さらに中盤で二人の対照的な「旅する女性作家たち」の人生が語られるためか、女性の書き手たちはひときわ忘れがたい印象を残す。とりわけメンディルセ家の人々の場合はエデルミラから始まる短い年代記になっていて、しかもヒトラー本人まで登場し、『アメリカ大陸のナチ文学』にふさわしいプロローグとなっている。エデルミラは上流階級に属しながら、下層階級出身のエビータ同様、自らの意志に基づき果敢に行動する。サロンや雑誌を主宰する彼女の姿にはビクトリア・オカンポを重ねることも可能だろう。エデルミラの論理に沿った語りに身を委ねることで、読者はこの作品の性格を学ぶことになる。年代記のなかでも、娘のルスのあっけなくも壮絶な最期は余韻を残す。しかも彼女が真に恋した相手は女性で、思想的には敵となる共産主義者なのだ。

女性ではないが、社会の周縁的存在が活躍するという点では「素晴らしきスキアッフィーノ兄弟」も鮮烈な印象を残す。サッカーのフーリガンを中心に据えたピカレスク小説というのは、少なくともラテンアメリカ文学では見かけたことがない。スター選手ではなくフーリガンに焦点を当てるあたりにも、ボラーニョ独特のひねりが効いている。なかでもトータル・フットボールに対抗するためのアイデアには、サッカー好きならずとも思わず噴き出すだろう。

こうして見てくると、明らかに異質なのが三十人の最後に置かれた「忌まわしきラミレス＝ホフマン」である。それまでの事典風記述が一転して一人称による語りの「物語」になっているからだ。「イルマ・カラスコ」も、他の項目と比べて物語的要素が色濃いが、「ラミレス＝ホフマン」ではボラーニョと呼ばれる人物が〈僕〉として登場するなど、事典の項目という性格から完全に逸脱している。それまでストイックに物語化への欲望を抑えていた語り手が、我慢しきれなくなったという感じさえするのだ。とすると、それまでの語り手もこの〈僕〉だったのだろうか。あるいは『２６６６』同様（ボラーニョが遺したメモ書きによると）アルトゥーロ・ベラーノかなどと考えてしまう。実はこの物語は、続く『はるかな星』という中篇でさらに膨らんでいる。登場する人物のうち、ラミレス＝ホフマンはカルロス・ビーダーと名前が変わるが、アジェンデ政権下の元辣腕刑事ロメロの名前は同じである。ちなみに、『通話』所収の短篇「ジョアンナ・シルヴェストリ」には、この元刑事と同一と思われる人物が「チリ人探偵」として登場している。重要な変化と言えば、「ラミレス＝ホフマン」では文末が「かもしれない。そうでなかったかもしれない」という断定を避けた推量になっているのに対し、『はるかな星』ではそれが断定調になっていることで、より物語性が強まっている。そのこともあり、その中篇は独立した別の作品と考えるべきだろう。

「ラミレス＝ホフマン」の物語のクライマックスには、事典的項目が「短篇」に飛躍するのを促す魔法の言葉がある。ロメロが殺人犯のアパートに向かう直前、〈僕〉はたまらず「殺さないでください」と言うのだが、その一言によって、悪人であるはずのラミレス＝ホフマンの人間としての存在感が一気に増す。しかもそれによって「ラミレス＝ホフマン」の物語は本書の白眉となるばかりでなく、本書はボラーニョのその後の作品群の出発点ともなっているのだ。

ボラーニョの作品は、ＳＦ的な宇宙から眺める俯瞰的あるいは巨視的視点と、扉の隙間から覗くような微視的視点の混在がひとつの特徴とも言え、それは土地や共同体に固執する作風とは異質なものである。そこには絶えず移動というムーヴメントが介在し、本書のそれぞれの「項目」あるいは短篇に動きと活気を与えている。時間軸も長く取られ、伝記だけにすべて生没年が明らかにされているが、ザック・ソーデンスターンなどは二〇二一年まで生き延びることになっているし、ボラーニョ自身よりも長く生きる人物も少なくない。ここにも通常の時間を超えるボラーニョの思考が垣間見える。彼の作品世界に登場するお馴染みの人物たち、たとえば『通話』に出てくるバアモンテス公爵夫人やポルノ映画監督アドルフォ・パントリアーノ、『２６６６』第五部のエントレスク将軍などが本作で初登場していることも、彼の構想や思い入れを知ることができて興味深い。またルス・メンディルセには『野生の探偵たち』に出てくる謎の女流詩人セサレア・ティナヘーロの姿が重なるかもしれない。他の作家や作品への言及も随所に見られ、自らの作風を戯画化したような自己言及性やメタ的性格が備わっていることは、物語がフィクションであることを露呈させ、浮力を与える結果になっている。『野生の探偵たち』や『２６６６』のような大長篇が読み通せてしまう理由のひとつは、刑事や探偵が行なうような小説内における探求という推進力と並んで、ホバークラフトを思わせるその浮力にあるのではないだろうか。

彼の作品は観念的ではないが、すべてを描いてみせることもない。むしろ、見えないものを暗示することでより想像に訴える。ラミレス＝ホフマンの撮った写真がどのようなものであったのかは一切描写されない。だがそのことによっていっそう恐怖が増す。ここには映画的手法も反映していそうだ。エピローグの短い人物紹介も、暗示という、本来の事典では用いられない表現方法によって小さなものを大きく見せる。それは詩が得意とする手法だろう。ボラーニョは詩と文学事典を組み合わせたとも言え、この特徴的手法はその後の長篇にも生かされている。

本書に登場する人々に共通するのは、誰もがそれぞれのやり方で彼らなりに文学的創造を目指していることだ。職業や身分、思想はさまざまであり、多くは挫折者で、無名のまま評価されずに終わる作家や詩人も少なくない。その姿は奇矯であると同時に神秘的でもある。彼らは移動を繰り返し、条件の良し悪しにかかわらず書く。通常の文学事典には載らないであろうそうした挫折者たちの、ユーモラスでグロテスクだがときに切なさを感じさせる姿は、作者自らの鏡像でもあるだろう。それはときおり見られるボラーニョの自己批評や予見的言葉からも窺える。

マルセル・シュオブは十七世紀の作家ジョン・オーブリーと十八世紀の作家ジェイムズ・ボズウェルを引き合いに出し、こう言っている。彼らが得意とした技術を試みようとするのなら、「同時代最大の偉人を綿密に描写したり、過去において最も有名だった人物を描くのではなく、神に近い人であれ、凡人であれ、犯罪者であれ、その人独自の生活を同じ心遣いをもって語るべきであろう」（大濱甫訳）。そしてボラーニョも同じことをしたのである。

『アメリカ大陸のナチ文学』は、決して高揚することなく淡々と語られながらも、静的な死者の事典というより、開いたとたん、ブニュエルの映画『ナサリン』のオープニングのように静止していた人物たちが一斉に動き出す動的な事典という気がする。それは登場する作家・詩人が前衛精神の持ち主で、果敢に前に進もうとするからだ。ボラーニョは彼らに、ありえたかもしれない自身の人生を重ね合わせていたにちがいない。

本書は Roberto Bolaño, *La literatura nazi en América*, Seix Barrral, Barcelona, 1996 の全訳である。底本には Biblioteca Breve の二〇〇五年版を用いた。また必要に応じて、Chris Andrews による英訳版 *Nazi Literature in the Americas*, New Directions Books, New York, 2008 を参照した。

今回の翻訳は作品の特殊な性格もあって、大作ではないが、簡単ではなかった。白水社編集部の金子ちひろさんとコンビを組むのは三度目だが、その献身ぶりに心からお礼を言いたい。また、東京外国語大学大学院博士課程の金子奈美さんにも、訳文についてさまざまなヒントをいただくことができ、大いに助けられた。バスク系の人名等は彼女のような研究者でなければわからなかっただろう。二人の強力な協力者がいたからこそ、このような形で読者にボラーニョの魅力を伝えられることを嬉しく思う。

二〇一五年五月

野谷文昭

訳者略歴
一九四八年生まれ
東京外国語大学外国語学研究科ロマンス系言語学専攻修士課程修了
名古屋外国語大学教授、東京大学名誉教授
主要訳書にプイグ『蜘蛛女のキス』（集英社文庫）、ガルシア＝マルケス『予告された殺人の記録』（新潮文庫）、バルガス＝リョサ『フリオとシナリオライター』（国書刊行会）、コルタサル『愛しのグレンダ』（岩波書店）、ボルヘス『七つの夜』（岩波文庫）、共訳書にボラーニョ『２６６６』（白水社）ほか多数

〈ボラーニョ・コレクション〉

アメリカ大陸のナチ文学

二〇一五年六月一五日　第一刷発行
二〇一五年七月一五日　第二刷発行

著者　ロベルト・ボラーニョ
訳者 ©　野《の》谷《や》文《ふみ》昭《あき》
発行者　及川直志
印刷所　株式会社三陽社
発行所　株式会社白水社
東京都千代田区神田小川町三の二四
電話　営業部〇三（三二九一）七八一一
　　　編集部〇三（三二九一）七八二一
振替　〇〇一九〇－五－三三二二八
郵便番号　一〇一－〇〇五二
http://www.hakusuisha.co.jp
乱丁・落丁本は、送料小社負担にて
お取り替えいたします。

誠製本株式会社

ISBN978-4-560-09265-1

Printed in Japan

2666

ロベルト・ボラーニョ
野谷文昭、内田兆史、久野量一訳

小説のあらゆる可能性を極め、途方もない野心と圧倒的なスケールで描く、戦慄の黙示録的世界。現代ラテンアメリカ文学を代表する鬼才が遺した、記念碑的大巨篇！　二〇〇八年度全米批評家協会賞受賞。

野生の探偵たち（上・下）

ロベルト・ボラーニョ
柳原孝敦、松本健二訳

謎の女流詩人を探してメキシコ北部の砂漠に向かった詩人志望の若者たち、その足跡を証言する複数の人物。時代と大陸を越えて二人の詩人＝探偵の辿り着く先は？　作家初の長篇。［エクス・リブリス］

ロベルト・ボラーニョ

ボラーニョ・コレクション

全8巻

既刊

売女の人殺し　松本健二訳

鼻持ちならないガウチョ　久野量一訳

［改訳］通話　松本健二訳

アメリカ大陸のナチ文学　野谷文昭訳

続刊

はるかな星　斎藤文子訳

第三帝国　柳原孝敦訳

ムッシュー・パン　松本健二訳

チリ夜想曲　野谷文昭訳

（2015年6月現在）